石川啄木『一握の砂』の秘密

ŌSAWA Hiroshi 大沢 博

論創社

石川啄木『一握の砂』の秘密　目次

第1章　啄木の生涯

第2章　「東海の小島の磯……」の歌の意味

第3章 恐怖におののく啄木

石川啄木『一握の砂』の秘密

第1章　啄木の生涯

1　石川啄木の歌

石川啄木の歌で、最もよく知られているのが「はたらけど　はたらけど猶《なほ》わが生活《くらし》楽にならざり　ぢつと手を見る」ではなかろうか。

「東海の小島の磯《いそ》の白砂《しらすな》に　われ泣きぬれて　蟹《かに》とたはむる」もよく知られている。北海道の海辺の追憶の歌と思われているのではないか。

このほか「ふるさとの訛《なまり》なつかし　停車場の人ごみの中に　そを聴《き》きにゆく」「やはらかに柳あをめる　北上《きたかみ》の岸辺《きしべ》目に見ゆ　泣けとごとくに」などの望郷の歌も有名である。

しかし、啄木が次のような歌を作っていたことを知る人は、ほんとうに数少ないだろう。

つと来りつと去る誰ぞと問ふまなし黒き衣着る覆面《ふくめん》の人
祭壇《さいだん》の前にともせる七燭のその一燭は黒き蠟燭《ろうそく》
いと長き鼻と指なき手をもてるその老人に今日もあひにき

どの歌も無気味な感じのする歌である。

明瞭に恐怖をよんだ歌も多い。

啄木は、その生涯において、約四千首の歌を作ったが、歌集の『一握の砂』と『悲しき玩具』にのせられているのは、その一部である。

ここにあげた無気味な三首は、実は歌稿である。『暇《ひま》ナ時《とき》』と題されたノートに書かれた、六百首余の大歌稿群の中の歌である。

歌集『一握の砂』の巻頭を飾った歌「東海の」の原歌も、この中の一首であった。本書は、この大歌稿群の意味を解読しようとするものであるが、それにとりかかる前に、作者啄木の生い立ちをたどっておこう。

2　詩人啄木の生い立ち

啄木、本名石川一《はじめ》は、明治十九（一八八六）年二月二十日に、岩手県南岩手郡日戸村の

曹洞宗常光寺に生まれた。父一禎は四十歳で、住職をしていた。妻かつとの間に、長女さだ（十一歳）と次女とら（九歳）がいた。啄木は、石川家の初めての男子として生まれたのである。

啄木二歳のとき、父一禎が渋民村の宝徳寺住職に転出したので、一家はその寺に移った。父一禎のこの転住に協力したのが、一禎の歌人仲間、渋民の立花良吉であった。良吉は、漢籍と国文に通じていた。

3　幼少期の啄木

幼い時の啄木については、『啄木案内』（岩波書店）の「小伝」が、次姉とらの話にもとづいてかんたんに述べている。

それによれば、啄木はひ弱いたちで、青白い顔をしてヒーヒー泣いてばかりいた。はたして人なみに成長するかどうかもあやぶまれていたそうである。生来弱かったのと、女ばかりの中のたったひとりの男の子というので、両親の愛情を一身にあつめた。彼の望むものは、何でもかなえられ、まったく自由奔放のうちに成長したという。

しかし「小伝」では触れていない、重要なことがある。啄木三歳のとき妹光子が生まれたあと、母は光子の世話をしなければならないので、長姉のさだが幼い啄木の母親代わりとなって、わが子のように面倒をみたのである。だが啄木が六歳になると、この姉は田村末吉と結婚し、家から去ってしまった。

また「小伝」によれば、六歳で渋民尋常小学校に入学した啄木は、西洋ロウソクと村人にあだ名されるようなひ弱さながら、学問は同級の誰よりもできた。村人は、神童として驚異の眼をみはった。

学校の成績は抜群だったが、しばしば手に負えぬようないたずらをしでかし、父母や姉妹らも手をやくことが多かったという。

明治二十八年、渋民尋常小学校を卒業して、盛岡市立高等小学校に入学した。世話になったのは、母方の叔父の家だった。のちに啄木の強力な援助者となった金田一京助《きんだいちきょうすけ》が、高等小学校の一級上にいた。

4　盛岡中学校時代

明治三十一年、高小四年に進級したとき、盛岡中学校の入学試験に好成績で合格し、入学した。

啄木が入学した当時、上級生に米内光政《よないみつまさ》（のち首相・海相）、金田一京助（言語学者）、及川古志郎《おいかわこしろう》（海相）、田子一民《たごかずたみ》（農相）、郷戸潔《ごうこきよし》（三菱重工業社長）、小野寺直助《おのでらなおすけ》（九大名誉教授）、細越省一《ほそごえしょういち》（夏村《かそん》、詩人）、板垣征四郎《いたがきせいしろう》（陸相）、野村長一《のむらちょういち》（胡堂《こどう》、作家）など、のちに有名になった人々がおおぜいいた。盛岡中学校の黄金時代である。

明治三十二年、啄木は姉の家、田村家に寄宿するようになって、近所に住む女学生堀合《ほりあい》節子《せつこ》と知り合った。啄木は十四歳、節子は十三歳であった。のちに妻となった女性である。

この年の啄木のクラスは丁組二年であったところから、「丁二会《ていにかい》」が組織され、回覧雑誌がつくられた。このときが啄木の文学への開眼期であった。

明治三十四年、学友らと発行したのが、『爾伎多麻《にぎたま》』という奇妙な名の回覧雑誌である。

啄木はこの雑誌に、翠江《すいこう》の署名で、短歌三十首と美文調の文などを発表した。この年に節子との恋愛が急に進んだといわれる。

明治三十五年、啄木は二度の不正行為で、それぞれ処分を受けた。二度目の処分が九月である。

そして、十月一日、詩歌雑誌『明星《みようじよう》』に、はじめて短歌一首「血に染めし歌をわが世のなごりにてさすらひここに野にさけぶ秋」が、白蘋《はくひん》の筆名で掲載された。これは不思議な歌である。十七歳という若い啄木が、なぜ「わが世のなごり」と歌ったのであろうか。

十月二十七日、啄木は「家事上の或《あ》る都合」を理由に退学願を提出、即日許可された。そして早くも三十日には、文学をもって身を立てるため、故郷を出発、上京した。

啄木は、明治四十年の盛岡中学校校友会雑誌に、自分の学校生活の最後の一年間は煩悶《はんもん》に支配されたと書いている。節子との恋愛のためという説があるが、その恋愛は進行したのであり、もだえ苦しむという意味の、煩悶という語とは合わない。どんな煩悶だったのか、重要な謎である。

5　詩集『あこがれ』の刊行

さて、明治三十五年の秋に上京した啄木は、先輩の細越、野村などの世話になったり、『明星』の主宰与謝野鉄幹《よさのてっかん》・晶子《あきこ》夫妻を訪問したりしたあと、ノルウェーの劇作家イプセンの訳で生活を立てようとした。しかし病を得て窮乏生活におちいった。明治三十六年二月、ついに父が迎えにきて帰郷した。以来一年八ヵ月の間、故郷で療養しながら、文学活動に専念することになった。

三十六年五—六月には、評論「ワグネルの思想」を『岩手日報』に連載、七月と十一月の『明星』に短歌発表、鉄幹の詩歌団体である新詩社同人に推挙された。十一月にはじめて啄木の筆名で、「愁調」と総題した詩五編を鉄幹に送ったところ、『明星』十二月号に掲載され、新詩社内外の注目をあつめた。

明治三十七年一月、元旦の『岩手日報』に、詩人ヨネ野口の詩集『東海より』の批評と紹介が掲載された。この英語の詩集を贈ったのが、節子である。

十四日には、節子との婚約が堀合家との間に同意された。

この年は、詩をつぎつぎと雑誌に発表した。啄木は処女詩集刊行をめざし、九月に上京した。しかし啄木が上京中の十二月、父一禎は、宗費滞納の理由で住職を罷免《ひめん》された。

明治三十八年三月、故郷からの便りで父の罷免を知る。

四月、啄木は東京江東の伊勢平楼《いせへいろう》で行なわれた新詩社の演劇会に、舞台裏で鳥のまねをして笛をふくという役で出演した。劇は、高村砕雨《さいう》（光太郎）作の「青年画家」であった。この劇の登場人物のひとり、雛妓《おしやく》の玉助を演じたのが、東京の京橋の踊りの師匠の娘、植《うえ》木貞子《きていこ》である。貞子は当時十六歳であった。

観劇した野村胡堂は、いっしょに見ていた人が、舞台上で啄木が雛妓貞子の挨拶に対して、おそろしくていねいにお辞儀を返したのを、手をうって面白がったと回想している。この貞子は、啄木の日記にもっとも多く登場してくる女性である。

五月三日、小田島書房より処女詩集『あこがれ』が刊行された。上田敏の序詩と与謝野鉄幹の跋文がつけられ、扉《とびら》には「此書を尾崎行雄氏に献じ併せて遙《はるか》に故郷の山河に捧ぐ」という献辞がある。収録作品は七十七編である。

6　結婚、そして故郷への別れ

この五月、盛岡では啄木と節子の結婚式の日取りがきめられていた。友人たちが披露宴の準備をしていたが、かんじんの啄木は離京する気配もない。とうとう連絡を受けていた在京の友人たちが相談し、ひとりが啄木といっしょに汽車に乗ることになった。

乗るには乗ったものの、仙台駅についたら啄木は途中下車、仙台に滞在してしまった。式の予定日、五月三十日に仙台から北上、しかし盛岡では下車せず、その先の好摩《こうま》駅から友人の上野あてに「友よ友よ、生《せい》（自分）は猶活《なおい》きてあり、二三日中に盛岡に行く、願《ねがわ》くは心を安め玉《たま》へ」と、奇怪な書簡を送った。

結婚式はついに花婿のいないまま行なわれた。啄木はなぜ欠席したのだろうか。式の日に「自分はまだ生きている」とはどういう意味だろうか。謎の言動である。

このころは、東京での借金もほうぼうに及び、おかしな行動が多かったという。仙台滞在や帰郷の費用も、「荒城の月」の作詩で有名な土井晩翠《どいばんすい》夫妻からの借金であった。

六月四日、啄木は父母および妹を含めた新婚生活を、盛岡市帷子《かたびら》小路の借家ではじめたが、生活は貧窮をきわめ、妻の実家や友人たちからの借金と、家財の売却でくらしを立てた。新婚の妻との部屋は四畳半であった。なぜか二十五日には市内中津川の畔《ほとり》に転居した。

このころの作品発表は詩が多い。九月には主幹となって文芸雑誌『小天地』を発行したが、一号を出すだけで終わった。

明治三十九年二月、秋田県小坂町にいた啄木の長姉さだが、肺結核のためなくなり、啄木を悲しませた。

四月、かねて願い出ていた代用教員としての就職がきまり、母校の渋民小学校に勤務しはじめた。勤務にはげむかたわら、父の宝徳寺再住運動や文学活動も行なった。小説「雲は天才である」の執筆がこのころである。十二月に長女京子出生、一家はますます窮乏生活におちいった。

明治四十年三月になって、父一禎は宝徳寺再住を断念し、家出してしまった。父の住職復帰の望みをたたれた啄木は、北海道へ移る決意をし、辞表を提出したが留任を勧告された。やがて四月十九日、啄木は高等科生徒に校長排斥のストライキを指示した。啄木は三日後に職をやめさせられた。こうして一家は離散ときまったのである。

啄木は妻子を妻の実家に預け、小樽の次姉に身を寄せる予定の妹とともに、北海道にわたった。啄木にとって、故郷との永久の別れとなった旅立ちであった。

7　北海道漂泊《さすらい》の生活

明治四十年五月五日、函館に着いた啄木は、六月になって友人の世話で、弥生小学校の代用教員になった。ここで女教師橘智恵子《たちばなちえこ》を知る。

七月には妻子を呼びよせて、青柳町に居をかまえた。八月には文学仲間の宮崎郁雨《みやざきいくう》の紹介で、教員のまま函館日々新聞の遊軍記者となった。その一週間後の二十五日、市内に火災が発生、市内のおよそ五分の四が焼ける大火となった。啄木の家は焼失をまぬかれたが、学校も新聞社も焼けてしまった。雑誌の刊行も断念せざるを得なくなり、啄木は活動を札幌に移そうと計画した。かくて校長に退職願を提出、九月十三日函館をたったのである。

札幌では、すでに校正係としての就職が内定していた北門新報社に、九月十六日に出社、ただちに「北門歌壇」を起こしたが、近く小樽に創刊される『小樽日報』の仕事に参加するよう勧められ、二十七日には退社して小樽に赴任した。

『小樽日報』記者となった啄木は、同僚の野口雨情《のぐちうじょう》とともに主筆に反感をもった。排斥の機会をねらったが、その意図がみつかり、野口は追われ、啄木はなだめられて主任に任じられた。やがて社長が、啄木の意見をいれて主筆を解任したが、札幌に新しい新聞社が設立されるという情報を知った啄木は、そこに移ろうと準備をはじめた。

十二月、小林事務長から行動に疑念をもたれ、暴力をふるわれた啄木は、退社してしまった。

明治四十一年一月、窮乏の中に新年を迎えた啄木は、『小樽日報』白石社長が別に経営する釧路新聞社に、入社することになった。同月十九日、家族を残してひとり小樽を出発、釧路に向かった。

二十一日に釧路到着、翌日出社した。肩書は三面主任であったが、実際には編集長待遇であった。月末ごろから評論をつぎつぎに掲載、「釧路詞壇」の欄をもうけて詩歌を募集した。自分も匿名で短歌を発表し、花柳界の記事を「紅筆だより」と題して連載したり、紙面の刷新に活躍した。

二月中ごろから芸者小奴《こやっこ》と親しくなったが、一方では、東京の植木貞子から白梅の花を封じ込めた長い長い便りをもらって、返事を書いていた。

三月、看護婦梅川操《うめかわみさお》が接近、やがて梅川、および小奴をめぐってそれぞれに不愉快な事件が起こり、さらに主筆に対する不満が重なって、啄木は釧路脱出を決意した。社には、家族の用件で函館に行くとのみ連絡し、四月五日船で釧路を去り、岩手県の宮古《みやこ》経由で函館に向かった。

四月七日、函館に到着し、宮崎郁雨らに身のふりかたを相談、その好意にすがって東京で文学活動に専念することにきめた。小樽にいた母と妻子を函館に連れもどし、宮崎に託した啄木は、二十四日単身で海路上京の旅立ちをした。

船は途中、宮城県の荻《おぎ》の浜港に寄港した。上陸して旅館で朝食をとったが、給仕をしてくれた女中に名をたずねた。佐藤ふぢのという名で、啄木は後に小説「二筋の血」の少女の名として使った。

8　最後の東京生活

明治四十一年四月二十七日横浜着、翌日上京。五月二日、与謝野鉄幹に連れられて森鷗外《おうがい》宅の観潮楼《かんちょうろう》歌会に出席した。鷗外をはじめ歌人佐々木信綱《のぶつな》、小説家伊藤左千夫《さちお》、歌人吉井勇、同じく北原白秋と初めて会った。五月四日からは、金田一京助の友情によって、本郷菊坂町の赤心館に同宿するようになった。

八日に小説の原稿を書き始めた。以後創作活動にうちこんで、約一ヵ月の間に「菊池君」「病院の窓」「天鵞絨《びろうど》」「二筋の血」などを書き、森鷗外、生田長江《いくたちょうこう》らに依頼して売り込みに走ったが、いずれも不調に終わった。

五月九日からは、京橋の植木貞子が連日のように下宿を訪れるようになった。同月二十四日朝には、寝込みをおそわれている。ちょうどその時、函館から娘重病の報を受けとり、啄木は愕然とした。この日以後、妄想や不眠に悩まされるようになった。

六月十四日、啄木は一冊のノートに『暇《ひま》ナ時《とき》』という題をつけて、歌を書きはじめた。

この日作ったのは八首であった。

二十三日夜半から歌興がわき、翌二十四日午前十一時ごろまでに、百二十首余の歌を作った。歌集『一握《いちあく》の砂《すな》』の第一首「東海の小島の磯の白砂に　われ泣きぬれて　蟹とたはむる」も、第二首「頬《ほ》につたふ　なみだのごはず　一握の砂を示しし人を忘れず」も、原歌はこの日作られたのであった。なぜこの日歌興がわき、このような歌ができたのであろうか。大きな謎である。

歌興はなおも続いて、二十六日の午前二時までにさらに百四十一首を作った。そのうち、父母のことを思う歌、約四十首。「たはむれに母を背負ひて　そのあまり軽きに泣きて　三歩あゆまず」の原歌が、その中の一首である。

このような集中的大量作歌の後、啄木には死の願望が強くなった。一ヵ月後の七月二十七日には、下宿料を催促されて窮地におちいり、電車の前にとび込んでまたとびのくという、自殺未遂めいた行為をした。

九月六日、啄木の下宿料滞納のことで主人と談判した金田一は、蔵書を売り払ってこれにあて、啄木をともなって森川町の蓋平館《がいへいかん》に移った。

9　大歌稿群となった『暇ナ時』

明治四十一年十月、『東京毎日新聞』に小説「鳥影《ちょうえい》」の連載がきまった。『暇ナ時』の執筆は、そこでうちきられた。このノートは、六百五十二首（一首重複）の大きな作歌ノートとなっていた。

『石川啄木全集第一巻』（筑摩書房）には、その全部がのせられている。啄木の作品について深い関心をいだいておられる読者は、ぜひお読みいただきたい。

十一月、『明星』は終刊となり、啄木は平野万里《ひらのばんり》と『スバル』創刊の準備をはじめた。明治四十二年一月、『スバル』が創刊され、啄木は小説「赤痢」を掲載した。

二月、『東京朝日新聞』編集長の佐藤北江《さとうほっこう》が岩手県出身であることを頼りに、就職を依頼、校正係に採用されることが決定、三月一日から出社した。

啄木は、四月三日から六月十六日までの日記をローマ字で書いた。

六月十六日、かねて上京を望んでいた家族が、宮崎郁雨に付き添われて上京、本郷弓町の新井方二階二間の新居に移った。

10　最後の文学活動と栄光

明治四十二年の文学活動は、前半が小説、後半が感想・評論を主としていた。

十二月二十日、突然、父一禎が青森県野辺地《のへじ》から上京、一家五人となって啄木の責任はまたもや大きくなった。

明治四十三年三月ごろから歌集出版を計画、四月に『仕事の後』と題した原稿を春陽堂に持ちこんだが、契約はできなかった。

六月五日、幸徳秋水《こうとくしゅうすい》らのいわゆる「大逆事件」が各紙によって報道され、啄木は激しい衝撃を受けた。翌年の「当用日記補遺」には、このころの回顧として、「幸徳秋水等陰謀事件発覚し、予の思想に一大変革ありたり。これよりポツポツ社会主義に関する書籍雑誌を聚《あつ》む。」と書いている。

八月下旬、新たな思想的立場に立って、評論「時代閉塞の現状」を執筆、『東京朝日新聞』に掲載を予定したが、採用されなかった。

九月、同新聞に「朝日歌壇」が設けられ、社会部長渋川柳次郎に推されて選者になった。

十月四日長男出生、真一と名づけた。この日の朝、『一握の砂』と題した歌集出版の契約を東雲堂と結び、二十円を受けとった。しかし真一は虚弱に生まれ、同月二十七日には死亡してしまった。啄木は、はじめ五百四十三首であった『一握の砂』に、亡き真一追悼の八首を追加し、五百五十一首とした。

追加した歌の中に、「底知れぬ謎《なぞ》に対《むか》ひてあるごとし　死児のひたひに　またも手をやる」という歌があるが、「底知れぬ謎」と作者に思わせているものは何であろうか。

この歌集は一首三行書きで、これまでの短歌の格調を破るものであった。

明治四十四年一月初め、幸徳秋水らの弁護人である友人平出修《ひらいでおさむ》から、幸徳の陳弁書を借りて書き写し、深く感銘した。十八日に被告二十六名中二十四名死刑という判決があり、啄木は激しい興奮を覚えた。下旬、啄木は事件関係の記録整理に努力した。

六月十五日から十七日にかけて。啄木は「はてしなき議論の後」九編の長詩を作った。

この長詩のうち六編をとって独立した詩とし、さらに「家」「飛行機」の詩を追加して、詩集『呼子と口笛』を計画した。

11　貧困と病の進行、そして死

明治四十四年七月四日、啄木は発熱した。一週間、氷嚢を抱えて病床に苦しむ。二十八日には妻節子が、肺尖《はいせん》カタルで伝染の危険ありと診断された。病人続出のため部屋の明け渡しを迫られ、八月七日、宮崎郁雨からの送金で、小石川区久堅《ひさかた》町へ転居した。

八月十日、啄木の電報で妹光子が北海道から上京した。家事をやってくれたが、今度は母が喀血《かっけつ》するという悲惨な状態になった。母喀血の三日前、啄木は短歌十七首を翌月の『詩歌』に送ったが、これが啄木生前の最後の発表作となった。

九月三日、父一禎は一家の悲惨さと感情的不和にたえられず、次女とその夫山本千三郎をたよって家出してしまった。十日ごろ、宮崎からの節子あての書簡のことで、啄木と節子の間に激しい愛情問題のトラブルが生じた。啄木は、親友であり、またすでに義弟になっていた宮崎と絶交することになった。

絶交によって宮崎からの援助はたたれ、十一月からは啄木の病状が悪化しはじめたが、医療にまわす金はなくなってしまった。

明治四十五(一九一二)年一月、母が血を吐きつづけ、冬を越すのも危ぶまれる状態になったので、自分が入院することなどできなくなった。

二月、啄木の病状もますます悪化した。

三月七日、母はついに死去。

四月はじめ、啄木重態の報で、父一禎が北海道の山本夫妻のもとから上京してきた。九日、東雲堂と第二歌集出版の契約が成立、稿料二十円が得られた。

四月十三日早朝、危篤状態におちいった啄木は、午前九時三十分、父、妻および友人の若山牧水《わかやまぼくすい》にみとられて永眠した。享年《きょうねん》二十七歳、病名は肺結核であった。

四月十五日佐藤北江、金田一京助、若山牧水、土岐哀果らの努力により、母と同じく土岐の生家、浅草の等光寺で葬儀がいとなまれた。法名は啄木居士《こじ》である。遺骨は同寺に仮埋葬されたが、翌年三月、妻の意志で函館に移され、立待岬《たちまちみさき》に一族の墓地が定められて、そこに葬られた。

啄木の死後約二ヵ月をすぎた明治四十五年六月二日、第二歌集『悲しき玩具《がんぐ》』が東雲堂より刊行された。書名は土岐哀果の命名によるものである。

啄木の妻節子は啄木の死後、結核の療養のため房州に移り、女児を分娩して、房江と名づけた。九月、ふたりの子を連れて函館の実家に帰ったが、病状は悪化していき、翌大正二年五月五日、二十七歳で死去した。(以上は、主として『日本近代文学大系　石川啄木集』角川書店にもとづいて述べたものである。)

12　啄木の生涯と謎

啄木の全生涯をたどってみたが、謎がいっぱいという感じがした。

○啄木が文学にうちこむようになったのはなぜか?

○なぜ啄木という雅号にしたのか?

○盛岡中学校の最後の一年間の煩悶は、どんなことだったのだろうか?

次の回想歌では、自分で「謎に似る」と表現している。

師も友も知らで責めにき
謎に似る
わが学業のおこたりの因《もと》

○自分の結婚式なのになぜ出なかったのか？
○東京本郷の下宿赤心館での爆発的な大量作歌はなぜ起きたのか？
○その頃の歌稿ノート『暇ナ時』に、恐怖の歌が非常に多いが、なぜだろうか？　どんな恐怖なのだろうか？
○歌集『一握の砂』の初めは「砂」の歌の群である。歌集の題にも使われた「砂」は、啄木にとってどんな意味をもっていたのであろうか？
○『一握の砂』の巻頭を飾った歌「東海の」も「砂」の歌であり、原歌は『暇ナ時』の中にある。大量の連作歌の中での「東海の」は、どんな意味をもっていたのであろうか？

私が啄木研究にうちこみ始めた頃、勤務先の岩手大学のある教授から、次のような話を聞いた。盛岡に縁の深いある作家が、「『東海の……』の歌がわかれば、啄木の人生がわかるだろう」と語っていたという。

歌集の巻頭歌「東海の」の歌から、啄木の文学と人生の謎の解明にとりかかるのがよさそうである。

第2章　「東海の小島の磯……」の歌の意味

1 「東海の」は歌集の第一首だった

石川啄木の歌は、多くの人に知られている。有名な歌の一つが「東海の」である。

東海《とうかい》の小島《こじま》の磯《いそ》の白砂《しらすな》に
われ泣《な》きぬれて
蟹《かに》とたはむる

この歌は、第一歌集『一握の砂』の巻頭を飾った歌である。

当然、多くの人が解釈してきたが、北海道の海岸の回想歌という説に影響されて、北海道の海岸の砂浜での思い出を詠んだ歌、と思っている人が多いのではなかろうか。

だいぶ前のことだが、石川啄木の文学をとりあげたテレビ番組の中で、函館の大森浜を歩きながら、「『東海の』という歌はここでつくられたんですよ」と解説していた作家がいた。

この歌は、北海道で作られたのではなく、東京の本郷の下宿、赤心館で作られたものである。

こんな単純な事実でさえ、誤って思いこまされてしまうことがある。海、島、磯、砂という、まさに海の風景をつくる語が連なっているのだから、海岸で詠んだ歌と思いこむのは、無理もないとは思うが。

明治四十一年六月二十四日朝、前夜から徹夜で連作してきた諸歌にひきつづいて作られた歌で、百十三首の連作歌の中の一首である。

啄木は、それらの歌を『暇《ひま》ナ時《とき》』と題した歌稿ノートに書きつけていた。

2　北海道回想歌なら「北海の」では？

私は、高校教師時代の先輩教師である群馬の歌人、海野哲治郎氏から、ある高校での授業中のエピソードを聴いたことがある。

国語の教師がこの歌について、北海道の海岸の回想という解釈を話したところ、ひとりの生徒が「それではなぜ『北海の』としなかったのですか?」と言ったという。まさに素直な問いである。

他の人の解釈にひきずられずに読めば、「東海の小島」が北海道を意味するという解釈は、たしかに納得できない。

では「東海の小島」というのはどこだろうか。特定の場所ではない、別の意味をかくしているのだろうか。

この歌には、理解しがたい表現もある。「磯の白砂」という語である。「磯」と「白砂」が、どうも結びつかないのである。

「磯」とは、広辞苑によれば「海・湖などの水際で、石の多いところ」「水中から露出している岩石」である。

「砂」がなじむのは、「磯」ではなくて「浜」である。「砂浜」という語がある。啄木はなぜ、「磯の白砂」と表現したのだろうか。

別の問いもわいてくる。啄木はなぜ、この歌を巻頭に飾ったのか。

また歌集の初めには、「砂」という語を使った歌が、九首も配置されている。

歌集の題も『一握の砂』である。「砂」をこれほど大事にしているのはなぜだろう。「東海」の原歌が書き付けられた、歌稿ノート『暇ナ時』とはどんなものか。「東海」の前後にはどんな歌が作られたのだろうか。

次から次へと、問いがわいてくる。

まず、「東海の…」の原歌が書かれた、その『暇ナ時』とはどんなノートなのか。

3　大歌稿群の『暇ナ時』

明治四十一年四月、二十三歳の啄木は、一年近くの北海道漂泊の生活を終えて、ひとり海路を東京へ向かった。

五月、東京に着いた啄木は、親友の金田一京助と会い、金田一のはからいで、彼が住む本郷の赤心館という下宿に、居を定めることができた。五月四日である。

小説家をめざしていた啄木は、五月八日から創作活動に入り、約一ヵ月の間に「菊池君」「病院の窓」「天鵞絨《びろうど》」「二筋の血」と、次々に小説を書いた。

しかし六月十二日に「二筋の血」を書き終えてからは、小説を書かず、十四日から、一冊のノートに「暇ナ時」という題をつけて、歌を書きはじめた。この日に作った歌は八首である。

この頃赤心館の啄木を、ひんぱんに訪れてくる女性がいた。京橋に住む植木貞子である。三年前、明治三十八年の東京滞在の際、与謝野鉄幹主宰の新詩社の演劇会で知り合った女性である。

上京後まもなくの四十一年五月七日、啄木は日記に「植木てい子さんから葉書、返事を出す」と書いている。以後、毎日のように日記に登場する。五月八日葉書、九日留守中に来訪、十日葉書、来訪、十一日葉書、十二日葉書、十三日葉書、十四日来訪、十五日来訪と続いている。

六月二十三日夜半から歌興がわき、翌二十四日午前十一時ごろまでに、百二十首あまりの歌を作った。

この中で、歌集第一首の「東海の…」や、同第二首の「頬《ほ》につたふ　なみだのごはず一握《いちあく》の砂《すな》を示《しめ》しし人《ひと》を忘《わす》れず」の原歌も作られていた。

歌興はなおも続き、二十六日の午前二時までに、さらに百四十一首を作った。

結局、十月十日までに、このノートには六百五十二首（一首重複）の歌が書かれた。

最後の頁には、「東海の」が次のように、五行に大きく墨書きされている。やはりこの歌は特別扱いである。何か特別な意味をもっているのではないか。

東海の
　小島の磯の
　　白砂に
われなきぬれて
　蟹とたはむる

4　爆発的大量作歌の中の「東海の」

爆発的大量作歌の翌日、翌々日の日記（明治四十一年）には、次のように書かれている。

六月二十四日
昨夜枕についてから歌をつくり始めたが、興が刻一刻に熾んになって来て、遂々徹夜。夜があけて、本妙寺の墓地を散歩して来た。たとへるものもなく心地がすがすがしい。興はまだつづいて、午前十一時まで作ったもの、昨夜百二十首の余。…………
六月二十五日
頭がすっかり歌になっている。何を見ても何を聞いても皆歌だ。この日夜の二時までに百四十一首作った。

啄木は、その生涯に約三千八百首の歌を作ったが、この時ほど集中して大量に作ったことは、ほかにはない。

「東海」の歌は、この大量作歌の六十三番目であり、『暇ナ時』全体では七十六番目である。

ここで『石川啄木肉筆版歌稿暇ナ時』(八木書店)によって、「東海」とその前後の歌、計十七首だけをあげておこう。前後の歌とともに理解することが大事と思うからである。括弧の中は、訂正や抹消の前の原型を示すものである。

君よ君君を殺して我死なむかく我がいひし日もありしかな
己《(君)》が名を仄《ほの》かによびて涙せし十四の春にかへるすべなし《(幼き日にはかへりあたはず)》
憂き事の数々あるか故に今君みてかくは泣くと泣く人《(詫びてき)》
故里の君が垣根の忍冬の風を忘れて六年経にけり
赤き青きさまぐ〵の鬼の中にまじる白鬼君によく肖る（全部抹消）
君などか一日笑はずひそかにも思ふ事あり薬草を煮る
以下六月二十四日午前　五十首
君が名を七度よべばありとある国内《くぬち》の鐘の一時に鳴る
天外に一鳥とべり辛うじて君より遁《のが》れ我は野を走す《(ゆく)》
我《(かつて)》が母の腹に入るとき《(らむと)》我嘗《かつ》て争ひし子を今日ぞ見出でぬ
ただ一目見えて去りたる彗星の跡を追ふとて君が足ふむ《(を踏みける)》

身がまへてはつたと我は睨まへぬ誰ぞ鬼面して人を赫《（脅）》すは
もろともに死なむといふを郤《しりぞ》けぬ心やすけき一時を欲り
野にさそひ眠るを待ちて南風に君をやかむと火の石をきる
東海の小島の磯の白砂に我泣きぬれて蟹と戯る
青草の床ゆはるかに天空の日の蝕を見て我が雲雀病む
待てど来ず約をふまざる女《（らを）》皆殺すと立てる《（喚く）》とき君は来ぬ
水晶の宮の如くにかずしれ《（百万の）》ぬ玻璃盃《はりはい》をつみ爆弾を投ぐ（全部抹消）

「東海」の歌は、はじめ「東海の小島の磯に泣」と書かれたが、ただちに「に泣」が抹消され、「の白砂に…」と続けられたものである。

さて「東海」の歌の前後には、海の風景に関する表現はひとつもない。繰り返して使われ、目だっている語が「君」である。

初めてこの歌稿群を見た人は、これらがあの啄木の歌か、と疑いたくなる気持ちになるのではなかろうか。

奇怪、乱作、異常、破壊的などの言葉さえ浮かんでくるかもしれない。「君よ君君を殺して」などという、具体的だが実に殺伐な歌もある。

これらの歌稿の中の「東海」の歌の意味は、はたしてどんなものだろうか。

5　多くの歌は象徴歌ではないか

「東海」の歌を含む『暇ナ時』の多くの歌は、象徴的表現ではないだろうか。「我が雲雀」などは、雲雀のように高くあがりたい自分を、象徴的に表現したのではなかろうか。

象徴というのは、本来かかわりのない二つのものを何らかの類似性をもとに、関連づける作用である。たとえば白が純潔を、黒が悲しみを表わすなど。

『石川啄木事典』には、「『暇ナ時』の作品には、まだ『明星』の影響が強く、比喩・象徴あるいは空想的なものがほとんど」と書かれている。

啄木自身、象徴について論じたことがある。評論「巻煙草」である。

「象徴といふ事は表現の手段である。既に手段であるが故に、先づ象徴すべき何物かがあつて、然る後に象徴といふ手段が用いられるべきである。而してその『何物か』は、必ず其儘では言葉にも形にも表はし得ない、奥深く秘んでゐるところの意味」でなければならない、と論じている。

啄木は、『暇ナ時』執筆開始のほぼ一ヵ月前に、書簡と日記で「象徴」という語を使っている。日記では次の通りである。

自然主義は勝つた。確かに勝つた。然し今其反動として多少ロマンチックな作にあこがれて居る人は決して少なくない。けれども此反動は自然主義の根本に対する反動では無くて（僕の見る所では）唯自然主義が余りに平凡事のみを尊重する傾向に対する反動だ。今は恰度自然主義が第二期に移る所だ。乃ち破壊時代が過ぎて、これから自然主義を生んだ時代の新運動が、建設的の時代に入る。僕は実際よい時に出て来たよ。

そして、第二期の自然主義の時代の半分以上過ぎた時、初めてホントウの新しいロマンチシズムが胚胎するに違ひない。

その二つが握手して、茲に初めて、真の深い大きい意味に於ける象徴芸術が出来あがる。

「東海」の歌こそ、その「真の深い大きい意味に於ける象徴芸術」の代表作と自負したのではなかろうか。

6　どんな方法で探究していくか

象徴芸術の作品の意味を理解するということは、作者の内面過程を推理することである。しかしその推理は、独断的であってはならない。妥当な推理でなければならない。作者にとっては魂をこめた作品、とみなさなければならない。

推理の妥当性を求めていくためには、意味探究の対象とする表現について、仮説を立て、その仮説を検証していくことが必要である。

しかし検証するといっても、作品の一語一語について作者が説明するということはない。

仮説といっても単一ではないので、主なものを分類して、それぞれの検証方法を述べておこう。

①歌の構成部分である語について、作者の内面過程、たとえばイメージや感情に関する仮説を立てた場合には、その語が使われている他の作品を列挙し、その仮説で一貫して解釈可能であるか、検討する。

②ある表現について、作者の体験であるという仮説を立てた場合には、日記、書簡、証言などで検証する。

③一つの全体としての歌の解釈については、その作歌の状況に関する資料、たとえば日記などと照合する。

連作歌の場合には、その前後の諸歌の解釈と整合するかどうかで、検証する。

仮説を立て検証しながら探究していくのに、デカルトが『方法序説』で説いた、四つの規則を重んずることが、効果的と思われる。

四つの規則とは、①明証、②分析、③総合、④枚挙である。

①明証ということ

わけのわからぬものをわかろうとする時には、一挙にわかろうとするのではなく、ごく小さい部分であっても、はっきりしていて疑いのない部分をみつけ、それを手がかりとして探究をすすめる。

デカルトがあげた規則の第一が、いわゆる明証の規則である。

「私が明証的に真であると認めたうえでなくては、いかなるものをも真として受け入れないこと、いいかえれば、注意深く速断と偏見とを避けること。そして、私がそれを疑ういかなる理由ももたないほど、明瞭にかつ判明に、私の精神に現れるもの以外の何ものをも、私の判断のうちにとり入れないこと。」というものである。

『暇ナ時』の歌稿の中で、「明瞭かつ判明」に理解できる部分を手がかりとして、探究をすすめていく。

②分析ということ

「分析」という語は、「分」と「析」という字から成り立っている。字源を探れば、「分」は「刀で切りわける」、「析」は「木を斧で切りわける」ことである。しかし「分析」は、でたらめに切りわけることではなくて、本質的な意味の探究をめざして、分けていくことである。

「暇ナ時」の歌稿の探究では、作者にとって重要な意味がこめられていると思われる語をとりあげて、その意味を探究することから始める。これはまさに分析である。難解な歌についても、その歌を構成している語句に分割して、一語一句を丹念に検討していく。

③総合すること

人間の認識活動の基本的プロセスの一つは、「分ける」であり、もう一つは、その反対の操作「合わせる」である。

分析しただけでは不十分で、分析結果を合わせなければ、認識は発展しない。一語一句の意味を推理したあと、それらを総合して、一つの歌の意味を理解していくのである。

④枚挙すること

デカルトの第四の規則で、「何ものも見落とすことがなかったと確信しうるほどに、完全な枚挙と、全体にわたる通覧とを、あらゆる場合に行なうこと」である。

たとえば「砂」の意味を推理する時、「砂」という語を使った作品をすべてとりあげて、その仮説を検証する。

7 「砂山」についての仮説

歌集『一握の砂』の第一章、「我を愛する歌」の第六首が次の歌である。

砂山《すなやま》の砂《すな》に腹這《はらば》ひ
初恋《はつこひ》の
いたみを遠《とほ》くおもひ出《い》づる日《ひ》

啄木という人間や、その短歌に関心はもっていても、文学研究者ではない私が、啄木の短歌の意味を探究しよう、という気持ちになったのは、この歌について、とんでもない仮説がわいたからであった。

啄木研究家石田六郎氏と出会い、その研究への興味が持続し、昭和四十九年春からは、とくに『暇ナ時』を読みはじめていた。

その年の十二月、仮説が浮かんできた。もしかしたら、啄木が砂山の砂に腹這いになった時、初恋のいたみを思い出したのは、初恋人がなくなって土葬の墓に葬られ、土まんじゅうがそこにつくられたからではないか、その初恋人は石田氏が発見した沼田サダであろう、という仮説である。

啄木が子ども時代をすごした、渋民の宝徳寺の住職、遊座氏によれば、昭和五十年現在、墓の七割が土葬ということなので、明治時代はほとんど全部が土葬だったと考えられる。石田氏によれば、沼田サダは明治二十六年に、伝染病のジフテリアで死亡したのであるが、伝染病による死者の埋葬を規制した伝染病予防法は、明治三十年施行であるので、土葬でさしつかえなかったはずである。

「砂山」の背後にある作者のイメージが土葬の墓であるとすれば、「砂」の背後にあるのは、土葬の墓の土ということになる。

8　『一握の砂』巻頭の「砂」の歌

歌集『一握の砂』の巻頭におかれた十首を列挙する。九首が「砂」の歌である。

東海《とうかい》の小島《こじま》の磯《いそ》の白砂《しらすな》に
われ泣《な》きぬれて
蟹《かに》とたはむる

頬《ほ》につたふ
なみだのごはず
一握《いちあく》の砂《すな》を示《しめ》しし人《ひと》を忘《わす》れず

大海《だいかい》にむかひて一人《ひとり》
七八日《ななやうか》
泣《な》きなむとすと家《いへ》を出《い》でにき

いたく錆《さ》びしピストル出《い》でぬ
砂山《すなやま》の
砂《すな》を指《ゆび》もて掘《ほ》りてありしに

ひと夜《よ》さに嵐来《あらしき》たりて築《きづ》きたる
この砂山《すなやま》は
何《なに》の墓《はか》ぞも

砂山《すなやま》の砂《すな》に腹這《はらば》ひ
初恋《はつこひ》の

いたみを遠《とほ》くおもひ出《い》づる日《ひ》
砂山《すなやま》の裾《すそ》によこたはる流木《りうぼく》に
あたり見《み》まはし
物言《ものい》ひてみる

いのちなき砂《すな》のかなしさよ
さらさらと
握《にぎ》れば指《ゆび》のあひだより落《お》つ

しつとりと
なみだを吸《す》へる砂《すな》の玉《たま》
なみだは重《おも》きものにしあるかな

大《だい》といふ字《じ》を百《ひやく》あまり
砂《すな》にかき
死《し》ぬことをやめて帰《かへ》り来《きた》れり

第一首「東海の」では、「白砂に」の次に「われ泣きぬれて」と、悲哀感と落涙の表現が続いている。

第二首「頰につたふ」でも、「なみだのごはず」と、悲哀感と落涙がある。

第三首「大海に」では、「泣きなむ」と、悲哀の表現がある。

第四首「いたく錆びし」では、「砂を指もて掘りてありしに」とあるので、墓の土を指で掘った経験を秘めているのではないか。

第五首「ひと夜さに」では、「砂山」を墓とみている。

第六首「砂山の」には、「いたみ」という、人の死をかなしむ表現がある。

第七首「砂山の」では、「流木」を人にみたてている。墓地に倒れていた塔婆を意味していたのかもしれない。

第八首では、「砂」がまさに「いのちなき」である。

第九首では、「砂」が「なみだ」と結びついている。

第十首では、「砂」と「死ぬこと」が関連している。

このように歌集巻頭の諸歌で、「砂山」あるいは「砂」という語が、「墓」「いのちなき」「死ぬ」という語と、さもなければ「泣きぬれて」「なみだ」など、悲哀感や落涙の表現と関連して使われているのである。

「砂山」は土葬の墓、「砂」はその土のイメージの表現ではないか、という仮説を立てても、無理ではなさそうである。

9 「白砂」とは何か

「東海」の歌の「砂」は「白砂」である。この「白」は何を意味するのだろうか。「砂」が土葬の墓の土であるとしたら、「白」も文字通りの白ではなかったはずである。

啄木は、「白」という語も繰り返し使っている。『暇ナ時』だけでも、二十五首に使っている。それらの多くは、明瞭に死と関連が深いものである。「東海」の前後に詠まれたものをあげておこう。

牛頭馬頭《ごづめづ》のつどひて覗《のぞ》く大香炉中より一縷《いちる》白き煙す
大海にうかべる白き水鳥の一羽は死なず幾千年も
白き鳥つと水出でて天空にとべりその時君を忘れぬ（空にとび去んぬ其時君を忘れはてにき）
いまだ人の足あとつかぬ森林に入りて見出でし白き骨共
茫然《ぼうぜん》として見送りぬ天上をゆく一列の白き鳥かげ（裳の影）

「牛頭馬頭」の歌は、牛頭人身馬頭人身の地獄の番卒が覗きこんでいる「大香炉」から、「白き煙」が立ち昇るというので、死者の霊魂が昇天していくイメージの象徴であろう。

10 「白き鳥」の意味

「白き（水）鳥」の意味は何だろうか。

啄木において、「鳥」もきわめて重要である。雅号が啄木鳥（きつつき）である。三年前の明治三十八年に発行された、詩集『あこがれ』には、序詩を含めて七十八篇の詩が収められているが、そのうち二十六篇において、「鳥」という語と、さまざまな鳥の名が使われている。

題として使われたものだけでも、「白羽の鵠船」「啄木鳥」「閑古鳥」「ほととぎす」「鷗」「白鵠」「青鷺」である。

「鳥」の語を列挙すると、目立つのが白い鳥である。「白羽の鵠」「白鷺」「白鳩」「白羽の光うかべ……杜鵑」「ましろき鷗」「白鳥」……と繰り替えされている。しかも「白鳥」は「この世の外の白鳥」なのである。

鳥や蝶のように空を飛ぶ動物は、東西を問わず昔から霊魂とみなされることが多かった。『古事記』にも白鳥の話がある。倭健命《やまとたけるのみこと》が能煩野《のぼの》でなくなって葬られた時、后《きさき》や子どもたちが哭《な》いて歌うと、命は八尋白智鳥《やひろしろちどり》になって、天に翔《かけ》って飛んで行き、河内国でふたたび葬られた。その御陵《みささぎ》は白鳥の御陵と名づけられた、という話である。

啄木は、明治四十一年作歌ノートに書かれた詩「青き家」では、第四連の中で次のように表現している。

……
はるかなるはるかなる過去の陰より、かなし、わが少女子の、
帰りくることもやと我つねに日も夜も待ちわびつ、
かなし我が少女子は、初恋の少女子は、未来のそらに
とび去りし幸のある鳥なり、されどわが待つは
とびさりし、かの憎き鳥ならず
……

この詩では、「初恋の少女子」は「とび去りし幸のある鳥」である。この「鳥」は、少女サダの霊魂とみなしてよさそうである。しかしこの「鳥」は「憎き鳥」でもある。これはどういうことだろうか。

初恋の少女の霊魂が憎しみの対象でもあるという、この問題については、後でまたとりあげたい。

11　長姉さだのこと

さて「白砂」の「白」も、死者の霊魂と関連しているようである。では、石田氏が発見した沼田サダとみなしてよいか。

「砂」は一字だけでもサダの霊の象徴となりうる。

啄木の周辺の重要人物でなくなっている人はいないだろうか。

この時までになくなっている他の重要人物は、長姉田村さだである。明治三十九年二月に、秋田県小坂町で死去した。

この姉は、啄木が三歳のとき妹出生のため、母親代わりで幼い啄木の世話をした。啄木六歳の時、田村末吉と結婚、その後、啄木の中学時代のうち十四歳から十七歳で退学するまで、家において世話をした。

啄木はこの姉について、赤心館時代の日記に書いている。

五月二十四日には、「八時半まで金田一君と話した。予は、亡き姉と其子等の事を語った」、二十八日には「夜にな〔る〕とすぐ枕についた。雨の音、竹の声、古い日記を出して見て幾度も泣いた。死んだ姉！　其子等！　ああ渋民！　函館！　小樽！　泣くべき事が、かなしいかな、予の半生に極めて多い」、そして六月十七日には、「夜金田一君と語る。予は予の姉―亡き姉のことを詳しく語った。何とも云へぬ心地になった」と書いている。

このように、この頃しきりに亡き姉を思い出していた。そして見逃せないのは、亡き少女サダと同名だったことである。同名でともに死者ということは、連想度がきわめて高いはずである。

「白」で長姉さだ、「砂」で少女サダを象徴したのではないか。

12　「蟹と戯る」

「東海」の歌の二首前に、「もろともに死なむといふを卻《しりぞ》けぬ心やすけき一時を欲《ほ》り」という歌がある。この歌は、そのままうけとれば、「ある女から心中を迫られたが拒絶した。しかし心がとても落ち着かない。心を安めたい、少しの時間でも」ということであろう。啄木は当時、心中を迫られるような女性関係があったのではないか。

「東海」の歌の直前の歌には「君をやかむ」、「東海」から二首目には「約をふまざる女皆殺す」とある。「白鬼君によく消る」「君より遁れ」などもある。

啄木の日記を調べると、上京後間もなくの五月七日に、「植木てい子さんから葉書、返事を出す」とある。

植木貞子とはどんな女性だろうか。

啄木が貞子と知り合ったきっかけは、三年前の明治三十八年四月、与謝野鉄幹主宰の新詩社の演劇会に、二人とも出演したことである。劇の題名は「青年画家」、脚本を書いたのは高村砕雨《さいう》（光太郎）であった。貞子は玉助という雛妓《おしゃく》の役を演じ、啄木は最後の場面で鳥の笛を吹いたという。

13　水の垂れるような若い娘

同宿していた金田一京助は、啄木をひんぱんに訪れた貞子の容姿を、「色白のふっくりした水の垂れるような若い奇麗な植木さん」と書き、啄木から変な依頼をされたと、書いている。

もしあの娘がやってきたら、私の室に入ってください、という依頼だった。

「外から御免なさいと声をかけて、返事も待たずにすぐ入って行ったものだった。すると、勿論娘は、眉を寄せて嫌な顔をありありとあらわし、気まずそうに話も何もせずに側の方へ退いて、さも早く出て行け、早く出て行けと云うよう。美しい娘の眉斧《びふ》を真向に受けて動くことが出来ない私も変な役をさせられたもの。」と、思い出している。「眉斧」とは、美人のまゆのことである。

金田一はさらに、啄木が、彼女と「行く所まで行ってしまっていた」と告白したことまで書いている。

さて明治四十一年六月二十日の日記には、「九時頃貞子さんが来た。かへりに送ってゆかぬかと云ったが、予は行かなかった。窓の下を泣いてゆく声をきいた。我を欺くには冷酷が必要だ！　貞子さんに最後の手紙をかいて寝る。」とあるので、縁切状を書いたことが明らかである。それでもなお、貞子はやってきた。「蟹と戯る」は、この貞子との関わりのことではないだろうか。蟹ははさみという武器をもっている。一旦はさんだら、なかなか離してくれない。縁を切ろうとしても、貞子はなおやってきたのである。

「東海」の歌から十三首目の歌は、「我君ををかさむかくぞ戯れにいひし日よりぞ君は我を怖れず」であった。性関係をせまる言葉を発したというのである。

翌日作った歌「床の間と文机火鉢いろいろの城壁きづき君を防ぎぬ」は、せまってくる貞子から、逃げ回ったことであろう。

「東海」直前の歌は「野にさそひ眠るをまちて南風に君をやかむと火の石をきる」で、女性への攻撃が詠まれている。

「東海」の直後の歌は、「青草の床ゆはるかに天空の日の蝕を見て我が雲雀病む」である。

啄木は「詩談一則」という評論で、「腕さし交わして眠れる男女の青草の和床に」という文を書いたことがある。

別の歌とはいえ、「蟹と戯る」に続く語が、「青草の床」という、男女の抱擁を秘めている表現なのである。

「蟹と戯る」には、貞子との関わりが隠されているとみてよさそうである。

14 「東海の小島の磯」とは?

「東海」「小島」「磯」それぞれの語を、『暇ナ時』の歌稿に探したが、みつからなかった。「白砂」と「蟹」が、特定の女性たちの象徴であるとしたら、「東海の小島の磯」にも、何か隠された意味があるかもしれない。

この問いを抱き続けているうちに、渋民出身のある女性を訪問したことがきっかけで、重要な仮説がわいてきた。

その女性とは、瀬川もと女である。

ほたる狩《がり》
川《かは》にゆかむといふ我《われ》を
山路《やまぢ》にさそふ人《ひと》にてありき　（『一握の砂』）

もと女はこの歌のモデルである。私に次のように語ってくれた。

少女時代、女の子たちの年頭《としがしら》の時、一《はじめ》（啄木の本名）さんが、女の子たちを連れて、北上川の船田橋のあたりに蛍狩りに行こうとした。しかしそのあたりの蛍は小さい三番蛍であるし、人が溺死した場所で気味も悪いので、大きい一番蛍のいる平田野《へだの》の松林に行こうとさそった。一《はじめ》さんは、こんな時にも歌をつくって紙に書き、くれたのだが、雛人形の包み紙にしたりしてしまった。

もと女は小学校時代、啄木の妹光子と同級だった。光子に頼まれて放課後いっしょに寺に行き、啄木のいる部屋に向かって二人で、「お空が見えるか、このでんび（おでこ）」と悪口を言って、草の中に隠れたことがあったという。

名前のもとは本名であるが、渋民では子どもが丈夫に育つようにと、巫女《いたこ》から別名をつけてもらう風習があり、彼女は「いそ子」とつけられて、渋民では啄木を含めて、みんなから「いそ子さん」と呼ばれていた。

瀬川医院の看護見習の時には、啄木がよくやってきて、時には抱きつかれそうになったので、その後は、にんにくを包んだ布を首にまいて、「くさいぞ、あっちへ行け」と追い払ったという。

吉田孤羊著『啄木写真帖』には、もと女の十六、七歳の頃の写真がのせられていて、「美人の評判が高く、不平不満のかたまりのようであった代用教員時代の啄木にとっては、よく慰め手であった」という説明がついている。

この瀬川もと女への訪問から数日たって、私の頭に浮かんだのが、「東海の小島の磯」の「磯」は、もしかしたらこの「いそ子」さんのことではなかったろうか、という仮説である。

15　いそ子の思い出

啄木は、「東海」作歌の五十日前の日記に、「金田一君の室に泊る。枕についてから故郷の話が出て、茨島の秋草の花と虫の事を云ひ出したが、何とも云へない心地になって、涙が落ちた。蛍の女の事を語って眠る。」(四一・五・四)と書いていた。本郷の赤心館の第一夜に思い出したのが、いそ子であった。

「蛍の女」がいそ子であることは、翌年のローマ字日記で、渋民の人たちの噂について「我が『蛍の女』いそ子も今は医者の妻になって弘前にいるという」(四二・五・二)と書いているので明らかである。

金田一京助も著書『石川啄木』で、赤心館時代の思い出として、「石川君は、よく婦人の話しはした。吉井〔勇〕君とお互の恋人を算え合って、自分の数が四分の一にも及ばなかったと悔しがって見たり、凡そ当時まで、心に忘れ兼ねる異性の誰彼を、記憶を辿って、興のゆくままに語り出すのに、私が一々その名を覚え切れず、また混じたりするものだから、名の代りに、蛍の女だの、声の女だのと云って、その人々との甘いロマンスをよく聞かされた。蛍の女というのは渋民の代用教員時代の一人の異性のことだった」と述べている。

いそ子は、啄木にとって忘れがたい人だった。

16 「東海」と妻節子

「東海」については、群馬の歌人海野哲治郎氏が、著書『近代短歌の美しさ』で、次のように主張していた。

「『東海の』と言ったのは、必ずしもそこが東の海べであったからではない。啄木は、米国で出版されたヨネ・ノグチ（野口米次郎）の英詩集『東海より』を読んで以来、この語を好んでいたらしく、当時の論説にも『東海君子国』などという語を使っているが、この詩人にあこがれて一たびは渡米を企てたこともあるので、東の海べというよりは、日本を東半球ないしは世界地図の中に位置せしめているのである。」

私はこの海野説によって、啄木における「東海」は、英詩集『東海より』に由来していることを知った。

調べてみると啄木は、明治三十七年一月一日の『岩手日報』紙上に、「詩談一則《『東海より』を読みて》」と題する文をのせている。その最初の部分は、「白百合の君より送られて、沸る湯の音爽やかなる草庵の詩観を誘ひたりしか」というものである。「白百合の君」とは、後に妻となった恋人堀合節子のことである。

「東海」には、節子のイメージが結びついているのである。「東海」には、節子のイメージを秘めていたのではないか。

17 「小島」にも女性を秘めたのでは?

「蟹」「白砂」「磯」のみならず、「東海」にまで女性のイメージを秘めたとすれば、当然「小島」にも女性のイメージを秘めているはずである。

「小島」の「小」からただちに連想されたのが、釧路の芸者小奴《こやっこ》である。次のように名前入りで歌われた女性である。

小奴といひし女の　やはらかき　耳朶《みみたぼ》なども忘れがたかり

釧路新聞社に入社した啄木は、仕事の関係上しばしば料亭鶴寅《しゃもとら》へ足を運んで、そこで芸者小奴と親しくなったのである。「小島」は、北海道という島の小奴ではないか、とまず考えてみた。

そうすると「東海」の歌は、六人の女性を秘めたことになる。

ところが『暇ナ時』を読み返しているうちに、はっきりと七人の思い出を詠んでいる歌があることに気づいた。

「七人のその一人をも忘れざる今日をよしともかなしとも見る」である。そのほかにも「七人」や「七」の歌がかなり作られている。

「東海」の歌の中で、さらに探究の余地があるのは、「島」だけである。

まず姓名に「島」という字を含む女性を探したが、みつからなかった。そこで視点を変えて、啄木の作品の中で「島」を使ったものはないか、とみていくうちに、詩「水無月」の中に、「渡島の国」という語句を見出した。「砂ひかる渡島《おしま》の国の離磯《はなれそ》や」とある。

「渡島の国」は、北海道のもと十一ヵ国の一つであり、その中心地が函館である。

函館といえば、すぐ連想される女性がいる。啄木が代用教員として勤務した、函館市立弥生小学校の教師、橘智恵子である。歌集『一握の砂』には、彼女をモデルにした歌がいくつもある。

君に似し姿を街に見る時の　こころ躍りを　あはれと思へ
かの声を最一度聴かば　すつきりと　胸や霽《は》れむと今朝も思へる

智恵子も、啄木の心に強く残った女性である。彼女は非常に声の美しい人であったらしく、啄木は金田一などの友人に語る時、声の女と呼んでいた。

赤心館時代にも、橘智恵子のことを思い出していたにちがいない。

さて、「東海の小島の磯」には、妻節子、小奴、橘智恵子、いそ子、「白砂」には亡き姉さだ、亡き少女沼田サダ、「蟹」には植木貞子を秘めていた、という仮説になった。

18 「泣きぬれて」とは?

『暇ナ時』には、「泣く」と「涙」の歌が五十首近くもある。「東海」作歌前の歌の中から抜き出してみよう。

頰につたふ涙のごはず一握の砂を示しし人を忘れず
帰り来し心をいたむ何処にてさは衣裂き泣きて歩める
わが胸の底の底にて誰ぞ一人物にかくれて潸々《さめざめ》と泣く
限りなく高く築ける灰色の壁に面して我一人泣く
己が名をほのかによびて涙せし十四の春にかへるすべなし

「頰につたふ」の歌の「一握の砂」は、埋葬の時に死者に近い肉親から順に、棺の上にふりかける、一握りの土を秘めた修辞と思われる。

この歌こそ、石田六郎が発見した、弘済童女沼田サダの埋葬の時の、自分の感情体験を詠んだ歌と思う。頰につたわり落ちる涙をぬぐいもせずに一握りの土をふりかけた人、それは幼い啄木自身であろう。

「己が名を」の歌は、「君が名を仄かによびて涙せし幼き日にはかへりあたはず」を大きくなおした歌である。

昭和五十年十二月、私は渋民の宝徳寺の遊座ヤスさんから、沼田サダの友だちであった故白沢スワさんが、子ども時代の啄木について、「サダさんが死んだときかげで泣いていたし、それからあと沈んでしまった」と言っていた、という話を聞いた。

さて啄木は、「泣きぬれて」と基本的には同じ、「泣きぬるる」を、「東海」の歌の約二ヵ月後に、詩で使った。「一塊の土」である。

一塊の土

『ただ一日、神よ、願はく、ただ一日、故郷人の眠りをば覚まし給ふな。』

かくぞ我恒に祈れり、今日こそはわれ死になむと　かなしくも泣きぬるる日に　神はそを許し給はず。　ただ一日我が故郷に　人知れず訪ねかへりて　心ゆく許り泣きつつ　わが家の跡なる土の　一塊を持て来むものと　それのみを我は願へど。

「一塊の土」は、墓地の土であろうし、故郷人が眠りから覚めるというのは、故郷の死者の霊がたたることであろう。

『暇ナ時』には、次のような歌がある。

祭壇の前にともせる七燭《しょく》のその一燭は黒き蠟燭《ろうそく》

これまでの探究の視点からみて、「七燭」は七人の女性のことで、その中の一人、たたる霊が「黒き蠟燭」であろう。

「泣きぬれて」の背後には、霊への恐怖を含む、子ども時代の少女との死別の悲しみの持続があったと解される。

19 「我」とはどんな我か？

残るは「我」である。啄木の「我」は、歌集や歌稿を読むと、単純な我ではなさそうである。

「我」を使った歌を見わたすと、一首の中で二回も使われている歌がある。それらの歌では、「我」がとくに重要であったと思われるし、複数の「我」が予想される。そこでまず、「我」が二回使われている歌を列挙して、探究をはじめることにしよう。

なほ若き我と老ひたる我とゐて諍《あらそ》ふ声すいかがなだめむ
我未だおのが子を食ふ牛を見ず又見ず我を愛でぬ女を
何しかも我いとかなし鳥よ鳥さはな泣きそね我はかなしき
とみかうみやがて今日かつ君を思ふ我を我かとあやしみてあり
眠らざる我と覚めざる我とゐて二つの玉を相撃ちてあり

泣けといふ我と泣くなといふ我の間に誰ぞやさは直に泣く

「なほ若き我」と「老いたる我」、「眠らざる我」と「覚めざる我」、それに「泣けという我」と「泣くなという我」というように、対比的な修飾語をつけた二つの「我」が目立っている。

では「なほ若き我」は、「眠らざる我」なのか、それとも「覚めざる我」なのだろうか。これらの「我」の間の関係を探るのに役立ちそうな、別の作品がある。

20　詩稿「老人」

「東海」作歌の一ヵ月後に作られた、詩稿「老人」である。長い詩なので、初めの三連だけをあげることにする。

老人

我が胸の底の底なる
冷やげなる小暗き隅に
開かざる小さき房《へや》あり
骨立ちて眼凹みし
老人ぞ一人座れる。

昏々と、あはれ日も夜も
身動《みじろ》がず半ば眠れり。
ものうきは、朝な夕なの
濁りたる低き咳嗽《しはぶき》。

時ありて何か
呟《つぶ》やきつ、寒き笑ひを

頰にうかべ、かりりかりりと
一片の骨を嚙むなり。
あはれ、そは既に幾年
わが胸に死にて横ふ
初恋の人の白骨《されぼね》。

この詩における「老人」は、「我が胸の底の底」の「小さき房」に、「一人座れる」のであるから、作者啄木の内面に秘められていた「我」であろう。

この「老人」は、「わが胸に死にて横ふ　初恋の人の白骨」を「かりりかりり」と嚙むのである。

亡き少女サダの霊を胸に秘めているのであろう。

21　「我」の二重構造——ドッペルゲンガーの歌

啄木の「我」は、基本的には「なほ若き我」と「老いたる我」という二重構造をなしていたと考えられる。

「我」を二回使っている歌の中で、とくに注目すべきが次の歌である。

悄然として前に行く我を見て我が影もまたうな垂れて行く

この歌が、もし啄木自身が体験したままを詠んだものであれば、啄木は二重身（ドッペルゲンガー）を体験したことになる。「前に行く我」を見ているからである。二重身は、もし体験したならば、強烈な印象として残るだろう。しかしこのほかに、二重身を思わせる作品はみられないので、イメージか夢の中のことと解釈しておきたい。

「我」が分裂し葛藤を起こしている歌はいくつもある。

別るべき明日と見ざりし昨の日に心わかれて中に君みる

心がわかれる方向は二つで、一つは「別るべき明日」であり、もう一つは「別るべき明日と見ざりし昨の日」である。この歌は、「別るべき明日」が二重に使われたとみなさなければ、解釈できない歌である。

「別るべき明日」とは、貞子と別れるべき近い未来であり、「別るべき明日と見ざりし昨の日」とは、少女サダとの予期しない死別をした過去のことであろう。

わが病める心の駒も黒髪の鞭をおそれて跳らむとする

「病める心」というのは、少女の霊への恐怖から、背後に無気味なものを感じさせる、てい子を避けようとする心であり、「黒髪の鞭をおそれて跳らむとする」は、貞子の性的誘惑に挑発されている心であろう。

心の葛藤をはっきり示している歌である。

女なき国に住まむと行く群に交じりて三日一人帰り来

背後に亡き少女の霊を感じさせる貞子から、離れたい願望が強いが、やはり若い女性の魅力にひかれてしまう、というのであろう。これも葛藤の歌である。

22 「東海」の歌の「我」

さて「東海」の歌にもどろう。「我泣きぬれて」は、「白砂」につづいている句である。「白」は亡き姉サダ、「砂」は亡き少女サダを、それぞれ象徴したものと思われる。とくに「砂」に直結しているので、「老いたる我」であろう。

しかし後に続く句は「蟹と戯る」である。現在形である。現在の女性に心をひかれている我は、若き我である。

この歌の「我」は、過去の亡き人たちを思い、悲しんでいる老いたる我であるとともに、現実の女性と関わっている我でもある。二重の意味をもった我といえよう。

23　七人の女性の順序の意味

「東海」の歌の名詞の一つ一つを、丹念にとりあげて、いわば分析してきた。かくされていた意味を推理してきた。七人の女性が秘められている、と推理された。それを例証するような類似の作品はあるのだろうか。

『暇ナ時』をみなおすと、複数の女性のイメージを詠んだ歌が実に多い。目だつものを列挙してみよう。

『暇ナ時』の第一首が、次の歌であった。

　手に手とる時忘れたる我ありて君に肖ざりし子を思出づ

抱き合った時、別の少女を思い出したというのである。

漂泊の人はかぞへぬ風青き越の峠にあひし少女も
あなくるしむしろ死なむと我にいふ三人のいづれ先に死ぬらむ
笑はざる女らあまた来て弾けど我が風琴は鳴らむともせず

これらの歌では、みな複数の女性が詠まれている。

「東海」の直前に作られた歌にも「君」がいるが、「君をやかむ」というように攻撃の対象である。

さて「東海」の歌に七人の女性が秘められていたと推理したが、その女性たちの順番はどうだろうか。私は順序に関心をもった。

東海―詩集『東海より』を贈ってくれた節子
小―釧路の芸者小奴
島―渡島の函館の女教師橘智恵子
磯―渋民の佐々木いそ子

白—亡き姉田村さだ
砂—亡き少女沼田サダ
蟹—東京京橋の植木貞子

女性たちのこの順序をみなおすと、「蟹と戯る」というように現在形で表現された植木貞子は別として、妻節子から沼田サダまで、別居、死別などでの、別れてきた順序をさかのぼっているのである。

啄木は、明治四十一年四月、上京するために函館で妻節子と別れてきた。三月には、釧路の芸者小奴と別れてきた。前の年の四十年九月には、函館の橘智恵子と別れ、その四ヵ月前の五月には、北海道に渡るため、渋民の佐々木いそ子には会えなくなった。三十九年四月には姉さだと死別し、二十六年十月には沼田サダと死別していた。

「東海」の歌は、別れてきた女性のイメージを、過去へ過去へという順序に悲しみをましながらさかのぼり、六番目には少女サダのイメージに泣きぬれて、一転して現実の女性貞子との恋をもって結んだ、いわば二重構造の歌であった。

第3章　恐怖におののく啄木

1　二つの歌稿ノート

歌稿ノート『暇ナ時』については、前の章で簡単に説明したが、この明治四十一年には、別の作歌ノートもあるので、あらためて解説しておきたい。

北海道から上京した啄木は、金田一京助をたよって、その下宿赤心館に同宿するようになり、小説を執筆。六月十四日からは、歌稿ノート『暇ナ時』を書き始めた。このノートには、十月十日までに作った六百五十二首（一首重複）の歌が書かれている。

『暇ナ時』を丹念に読んでいくと、恐怖の歌があまりにも多いことに気づいた。

啄木の他の作品にも目をむけると、この時期にもう一つの作歌ノートが書かれていた。『啄木全集第一巻』（筑摩書房）に、編者によって「明治四十一年作歌ノート」という題をつけられ、掲載されているものである。

この本の解題によれば、同年の八月八日から十一月二十六日にかけての啄木の作品と、与謝野夫妻ら新詩社の人びとの選んだ歌が記載されているもので、小型であるため、啄木の長女の夫石川正雄氏が『小判ノート』と呼んだものである。私も『小判ノート』と呼ぶことにする。

『小判ノート』の歌は、全部で三百七十二首であるが、『暇ナ時』と重複する歌が多い。『暇ナ時』の八月以降の部分は、このノートをもとにして作られたものと思われる。

2 「恐怖」の歌十四首

まず二つのノートから、はっきりと「恐怖」「怖る」「怖れ」「怖恐ろし」などの語を、作者の感情表現として使っている歌をあげよう。

我怖《われおそ》る昨日《きのう》枯れたる大木の根にぞ見出《い》でし一寸の穴

幼き日いたくも我は怖れにき開くことなき叔父《おじ》の片目を

（以上明四一・六・二四）

初めよりいのちなかりしものの如《ごと》ある砂山を見ては怖るる

饒舌《じようぜつ》の人何故《なにゆえ》かさのみ物いはずなりしを怖れて帰る

（以上明四一・六・二五）

ふと深き恐怖をおぼゆ今日《きょう》我は泣かず笑はず窓を開かず
茫然《ぼうぜん》と佇《たたず》む時に手を出して我を抱けるおそろしき状《さま》
おそろしき力を以て落ち来る屋根を支へて柱ひるまず　（以上明四一・六・二六）
今日ぞふと開くことなき路ばたの蔵の戸を見て心怖れぬ　（明四一・七・四）
籠《かご》の鳥ふとなきやみて驚きて怖れて君が手より離るる　（明四一・七・一一）
ふと深き怖れおぼえぬ昨日まで一人《ひとり》泣きにしわが今日を見て　（明四一・八・八）
はてもなく砂うちつづくゴビの野に住み玉《たも》ふ神は怖ろしからむ
夜の空の黒きが故に黒といふ色を怖れぬ死の色かとも
ゆめ枕ゆめともしらであらはなる君が言葉を怖れけるかな
ぴすとるを内ふところに入れありく男をみればおそろしきかな（以上明四一・一〇・二三）

明確に「恐怖」を詠んだ歌だけでもこれだけある。

この十四首の中で、繰り返し使われている語をぬきだしてみよう。四回使われているのが「ふと」、三回が「今日」、二回が「深き」「おぼゆ（へぬ）」「開くことなき」「砂」「昨日」「黒」、そして「ゆめ」である。

四つの頻出語の合成である「ふと深き怖れ（恐怖）おぼえぬ（ゆ）」は、二首で使われている。

「ふと深き怖れおぼえぬ」というのであるから、この恐怖は、誰もが恐怖を感ずるような、外界の危険な対象によるものではない。作者の内部の、深いところからわいてきた恐怖である。

3　上方への恐怖

恐怖を意味している歌に注目していくと、上の方に恐怖を感じている歌をいくつも作っていることに気づいた。

列挙して概観してみよう。

相抱《あいいだ》く時大空に雲おこり電来《いなづまき》たり中を劈《つんざ》く

天外に一鳥とべり辛《かろ》うじて君より遁《のが》れ我は野を走《は》す
百万の屋根を一度に推《お》しつぶす大いなる足頭上に来る
誰ぞ雲の上より高く名を呼びて我が酣睡《かんすい》を破らむとする
その時に雷の様《よう》なる哄笑《こうしょう》を頭上に聞いて首をちぢめぬ
(以上明四一・六・二四)
われ屋根と楠の大木とかの空を三重に被きて安らかならず
(明四一・六・二六)
高空の雲にしあらば朝にけに汝《な》が家の上を動かざらまし
(明四一・七・一一)
大いなる黒き袋ぞ魚のごと空を泳げり風きそひ吹く
かがやける瞳《ひとみ》何見るかの空のその一ところ渦巻くを見る
見よ今日もかの青空の一方のおなじところに黒き鳥とぶ
(以上明四一・八・八)

これらの歌を見わたすと、まず「相抱く」という歌と、「その時に」という歌とが、非常によく似ているのに気づかされる。「相抱く時」と「その時」、「大空に雲おこり電来り」と「雷の様なる哄笑を頭上に聞いて」、「中を劈く」と「首をちぢめぬ」が、ぴったり対応している。

「相抱く」とはいつだったのか。この頃の啄木の日記をみると、ちょうど一ヵ月前の明治四十一年五月二十四日に、啄木が目を覚まさぬうちに植木貞子がやってきたこと、貞子がいるうちに、北海道の宮崎から、娘の京子の重病を知らせる至急の手紙が届いた、ということが書かれている。この朝のことと思われる。

この二つの歌は、貞子と抱擁中、突然に宿の人の声がしてびっくりさせられた上、娘重病の手紙を受けとった時の、驚きと恐怖を詠んだものであろう。

「天外に」の歌は、恐ろしい一羽の鳥が、天の外に飛んでいったので、自分はやっと逃げることができ、野を走っているという遁走の歌である。この「一鳥」とは何だろうか。「見よ今日も」の「鳥」は「黒き鳥」である。明らかに死者を意味していよう。

「百万の」は、「だいだらぼっち」のような巨人のイメージと思われる。これは「だいだぼうし（大太法師）」のことで、『広辞苑』（岩波書店）によれば、「巨人伝説の一。東日本にひろがり、絶大な怪力を有し、富士山を一夜で作り、榛名山に腰かけ、利根川ですねを洗ったなどの伝承がある。」啄木もこのような伝説は知っていただろう。

「誰ぞ雲の」は、高いところから名を呼ばれ、熟睡を妨げられるのだが誰か、ということで、至急の手紙が届けられた時のことだろう。

「われ屋根と」は、上方からの強い恐怖や圧迫感を感じ、巨人の足のイメージで表現したのだろう。

「高空の」における空に動くもの、「大いなる」の「黒き袋」、「かがやける」の「渦巻く」もの、そして「見よ今日も」の「黒き鳥」も、上方に感じられる、無気味なものの表現である。

4 無気味なものにおびえる歌

明確に恐怖を詠んでいる歌をあげたが、「恐怖」という語は使っていなくても、無気味なものにおびえている歌が、まだいくつもある。

つと来りつと去る誰ぞと問ふまなし黒き衣《きぬ》着る覆面《ふくめん》の人

我つねに遠く離れて君覗《うかが》ふ物に怯えし病犬のごと

身がまへてはつたと我は睨《にら》まへぬ誰《た》ぞ鬼面《きめん》して人を赫《おど》すは
祭壇の前にともせる七燭《しょく》のその一燭は黒き蠟燭《ろうそく》
（以上明四一・六・二四）

いづこまで逃ぐれど我を追ひてくる手のみ大なる膝行の嫗《おうな》
わが寝たる蒲団《ふとん》たちまち石となり無限に広し動くあたはず
わがかぶる帽子の庇《ひさし》大空を覆ひて重し声も出《い》でなく
とんとんとまたとんとんと聞きしことなき音壁に伝はりてくる
まてどまてど尽くることなき葬《ほうむ》りの無言の列ぞわが前を過ぐ
（以上明四一・六・二五）

大いなるいと大いなる黒きもの家をつぶしてころがりてゆく
（明四一・六・二六）

皆黒き面《おも》がくししてひそひそと行けり借問《しゃもん》す誰《た》が隊なるや
限りなく高き柱の二本《ふたもと》の根にはさまれて動くあたはず
胸の中俄《にわか》に起る早鐘《はやがね》の千を数へて昏睡に入る
鼻長き人と右手《めて》のみ大いなる人と　目合《めあわ》せ我を指さす
（以上明四一・七・一六）

「黒き衣着る覆面の人」「黒き蠟燭」「大いなる黒きもの」「黒き面がくし」これらはみな

妖気を感じさせる表現である。

啄木は、これらの作歌から間もない明治四十一年七月二十四―五日に、「山頂」という題の詩を作っている。

それは、「黒き天鵞絨《びろうど》」の「衣」、「面《おもぎぬ》」それに「手套《てぶくろ》」をつけた二人の人物が、「黒く布」を我に蔽《おお》って、我を運び、地に置いたが、そこは「とある山頂」で、その二人は「老いし父母」であった、という内容である。

黒い布で顔をかくした人のことがくりかえし表現されているので、恐怖に関連した何らかの体験に根ざしているのかもしれない。

5　恐怖との激しい戦い

「我つねに」と、「身がまへて」は、ひどくおびえている状態を思わせる歌である。迫ってくる貞子の背後に、誰かの亡霊を感じていると解すると、ぴったりする感じである。

「いづくまで逃ぐれど我を追ひてくる」では、手だけが大きいという不思議な人物のイメージが詠まれている。

「鼻長き人と右手のみ大いなる」も、基本的には同じ歌である。

「わが寝たる蒲団たちまち石となり」と「限りなく高き柱の二本の」には、共通して、「動くあたはず」という語句が使われている。

前者の歌は、睡眠中の身体硬直体験、いわゆる〝金縛り〟の体験を詠んだものであろう。

「胸の中俄に起る早鐘の千を数へて」は、眠れない恐怖にうちかとうとして数を数えたことであろう。

「わがかぶる帽子の庇大空を覆ひて重し」は、ひどい頭重感と被帽感が想像される。

「とんとんと」は、幻聴体験を詠んだものと思われる。

「まてどまてど」も、無言の葬列であり、無気味さが表現されている。

6　「鳥」は霊魂ではないか？

啄木の歌稿には「鳥」が多い。『暇ナ時』には「鳥」の歌が三十六首、『小判ノート』には六首ある。

本書の第2章では、「白鳥」は死者の象徴とみなした。また空をとんでいる鳥にも注目した。

歌稿では、空とぶ鳥だけではなく、「胸の鳥」も詠まれている。次の歌である。


わが生《あ》れし日より眠れる胸の鳥さめてはばたき七日眠らず　（明四一・七・六）

「胸の鳥」というからには、作者啄木が内面に秘めていた鳥ということである。啄木の内面の重要なポイントを表現したものと思われる。

「胸の鳥」が「さめてはばたき七日眠らず」というのは、胸に秘めていた死者の霊が亡霊として、作者をおびえさせるようになり、何日も眠れなくなったということではないか。では、どんな死者の霊だったのか。「眠れる」という語が、鍵となるかもしれない。

『小判ノート』の冒頭の歌が、「眠れる」を使った次の歌である。

青草の中に眠れる少女子《おとめご》の胸の上這《は》う赤き蜥蜴《とかげ》よ　（明四一・八・八）

「青草の中に眠れる」といえば、青々と草の生い茂る墓地の、土の中に埋葬されているということであろう。「少女子」とは、やはり少女サダであろう。ではその胸の上を這う「赤き蜥蜴」とは何だろうか？

「赤き蜥蜴」とは、土葬の墓で燃える火のことと思う。土葬の場合、火が燃えることがあり、「ひとだま」と呼ばれることがあった。

さて『小判ノート』には、「鳥」を「君」と同一視している歌がある。次の歌である。

わが君は庭に来なける鳥なれやえは近よらで物をさへづる　（明四一・九・五）

庭に来て啼いている鳥はわが君で、えさには近よらないで、物をさえずっているという歌である。「物」は物のけの物と解しうる語である。怨霊である君に怯えているという意味を秘めたのであろう。

渋民には、死者の棺を寺に運ぶとき、棺の蓋の四隅の上に、鳥の形の厚紙を立てるという風習があった。人が死んで三十五日以内にその家に鳥がとんで来ると、死んだ人が帰って来たと言ったものだ、という話も伝わっている。

7　「啄木鳥」の歌

啄木という雅号は、まさに啄木鳥《きつつき》であるが、その「啄木鳥」の歌もある。

啄木鳥の木つつく音を心あてに君をたづねて森にさ迷ふ　（明四一・九・一二）

「木つつく音を心あてに」して「君をたづね」るのだから、啄木鳥が君である。啄木鳥と君は同一視されている。

啄木鳥は何の鳥ぞも千代かけて歓楽山の山の辺に住む

この歌は、「砂山」の解釈を前提として、「山」を土葬の墓とみれば、埋葬された少女の霊魂が啄木鳥となって、その墓の付近に住んでいる、という意味に解される。

樗《あふち》の木ふと物いひぬ啄木鳥よさはな啄《つつ》きそ我の臍《へそ》の辺《へ》

「樗」は落葉の小喬木の名であるが、無用の長物という意味もある。無用の長物である自分だが、啄木鳥よ、そのように私のへそのあたりをつつかないでくれ、という意味ではないか。

8　「み霊の我にやどれり」——詩「凌霄花」

啄木の処女詩集『あこがれ』の、最後からかぞえて三番目の詩「凌霄花《のうぜんかずら》」には、次のような重要な部分がある。

身は村寺の鐘楼守《しゆろうもり》、——
君逝《ゆ》きしより世を忘れ、
孤児《みなしご》なれば事もなく
御僧《みそう》に願ひゆるされて、
語《ご》もなき三《み》とせ夢心地、
君が墓《はか》あるこの寺に、
時告《つ》げ、法《のり》の声をつげ、
君に胸なる笑《え》みつげて、
わかきいのちに鐘を撞《つ》く。——
君逝《い》にたりと知るのみに、
かんばせよりも美くしき
み霊《たま》の我にやどれりと
人は知らねば、身を呼びて

うつけ心の唖《おうし》とぞ
あざける事よ可笑《おか》しけれ。
（略）
人の云ふ語《ご》は知らねども、
胸なる君と語らふに、
のうぜんかづら夏の花
かがやかなるを、薫《くん》ずるを

（明三八・二・二〇）

この詩でははっきりと、逝きし君の「み霊の我にやどれり」と表現し、それがやどった体内の場所については、「胸なる君と語らふ」というように、「胸」と表現している。

啄木は、死せる少女サダの霊魂を、自分の胸の中に秘めたのである。一方では、啄木鳥などの鳥を少女の霊魂と同一視し、「胸の鳥」とも表現したのである。とすると、啄木という雅号は、少女サダの霊魂と自分との一体化を象徴した雅号だったのではないか。

9　怨霊にもなる霊魂

少女の霊魂は胸の中で眠っていたが、それが目を覚まして、啄木をおびやかし始めたのは、貞子の朝の訪問、そして娘重病の手紙が届いたときであろう、貞子がサダの霊の化身と思われたのであろう。

啄木は次のような小説断片を書いていた。

……女が突然《いきなり》自分の膝に突伏《つっぷ》して、身を震わして直泣《ひたな》きに泣く。貴方は私を見捨てる気でせうと言つて泣く。体も服装《みなり》も、平生《いつも》の通りのお葉さんには違ひないが、其声がお葉さんの声でない。訝《おか》しい。が、困つた。……夢を見て居たのだ、周之助は、天井の節穴に瞳を据ゑて、覚束ない夢の筋道を胸の中で辿り出した。——お葉さんが泣いた。それはお葉さんの室《へや》であつた。……然うだ、それで自分は物言はずに立つて、襖《からかみ》を明けるとお葉さんが裁縫《しごと》をして居た。其室《そこ》はお葉さんの室だつた。そして見捨てる気だらうツて泣いたのだ。其声が、訝《おか》しいな、怎《どう》してお葉さんの平生《いつも》の声でなかつたらう。怎も訝しい。何でもよく聞いたことのある声だつたが……妹――死んだ妹の声だと、稍あつてから心づいた周之助は、一人で妙な顔をして眼を大きくした。死んだお佐代！　然うだ、お佐代の声だつた。お佐代とお葉さん！　お葉さんがお佐代の声で泣くとは、夢とは謂《い》へ不思議な話である。お佐代は去年の十月、恰度十個月前に死んだのだもの。

（無題。執筆年月不詳）

お葉とお佐代という名は、島崎藤村の『若菜集』の冒頭の、それぞれ女性の名を題とした六篇の詩の中から、第一の「おえふ」と第三の「おさよ」を選び、漢字になおしたものであろう。それらを選んだ理由は、お葉については、植木との連想で貞子を、お佐代については、「サ」の音で始まるのでサダを念頭において、このような文章を書いたものと推理される。

貞子の怨み言を聞いているうちに、その声が亡きサダの声のように感じられて、大変気味が悪くなった経験を素材にしたのであろう。

では啄木はなぜ、サダの霊を怖れるのか。
その謎を解く鍵は、啄木の「手」「指」への、只事ではない関心にあるのではないか。
次の章で探究することにしよう。

第4章　手にこだわる啄木

1 「ぢつと手をみる」のはなぜか？

『一握の砂』にある次の歌は、たいへんよく知られている。

はたらけど
はたらけど猶わが生活《くらし》楽にならざり
ぢつと手を見る

作者は手を使う労働者ではないのに、なぜ「ぢつと手を見る」のだろうか。単に手を見るのではなく、「ぢつと」という、神経を集中させての「手を見る」である。その意味を探究するためには、手にかかわるほかの作品を手がかりにするのがよいだろう。

歌稿ノート『暇《ひま》ナ時《とき》』には、病める自己像を詠んだ歌が多いが、よくみると手を病んでいる、あるいは異常な手を詠んだ歌が目につく。

手なふれそ我火を病めり手なふれそのがれよいざと君を追ひゆく　（明四一・七・一六）

手が火を病むとはどういうことなのだろう。また「のがれよ」といいながら「君を追ひゆく」とは、どういうことなのだろうか。すぐには意味がわからない。

ほかの「手」の歌をとりあげてみよう。

赤手もてかの王城の城門をひらかむとすと腕はさすれど　（明四一・六・二五）

「王城」を奥城（おくつき―墓）と解すれば、素手で墓をあばこうとしたが、という意味にとれる。

「門」について啄木は、詩「風絃揺曳」で「陰府《よみ》の国《くに》真金《まがね》の門に」という表現を使っており、冥界の入り口、すなわち土の墓といえる。

手で土の墓を掘ったとすれば、手に障りが来るというたたりの怖れから、手が病むイメージができたのではないか。

では手が「火を病めり」とはどういうことなのだろう。

2　火を噴く墓

「手なふれそ」の歌は、明治四十一年七月十六日に千駄ヶ谷歌会で作られた。同夜さらに、啄木の発議により、与謝野宅で徹夜会が行なわれた。その席上の作歌三十一首が、『暇ナ時』に書きつけられた。そのうちの三首が、次のように「火」を詠んだ歌である。

初発の日その夕より燃えそめし山巓《さんてん》の火ぞ消ゆる事なき
百年も同じきさまに祭壇の火影うつせり神の鏡は
東方の博士ぞ来にき山上に狼火《のろし》あげたる夜の明方に

私は、昭和五十年頃、当時岩手大学教育学部助教授だった彫塑家の本田貴侶《たかとも》氏から、土葬の墓地における珍しい体験を拝聴したことがある。

昭和三十八年春、大学進学をめざしていた氏を、非常にかわいがっていた近所のおばあさんがなくなり、その墓地に埋葬された。

それから約四ヵ月後の七月上旬、雨上がりの夜十二時過ぎに、氏はいつものようにその墓地に行き、そのおばあさんが埋葬されている墓に近づいたところ、とつぜん火が噴きだし、墓石がもち上がった。同時にウーウーというような音も起こった。死者のうめきか、自分へのいましめ、あるいはけだものの声とでもいいたいようなもので、氏はとび上がって逃げたそうである。

このような現象は、雨による水分の増加で、生石灰などが自然発火し、土の中にたまっていたメタンガスが爆発するのではないかと考えているが、確かではない。

「燃えそめし山巓の火」と「山上に狼火あげたる」などはとくに、土葬の墓からの火の噴出が原風景と思われる。

徹夜会席上の作には次の歌もある。

おどろきぬふとわが前に大いなる赤毛の獣うづくまる見て

「赤毛の獣」とは、赤馬という隠語と同じように、火の隠語と思われる。この歌も、墓からの火の噴出を見て驚いた体験を、回想したものであろう。

3　異常な手を詠んだ歌

啄木が手に異常にこだわっていたことは、次の歌からもうかがわれる。

鼻長き人と右手のみ大いなる人とめあはせ我を指さす　（明四一・七・一六）

異様な体の二人の人物のイメージである。

次の歌も異常な鼻と手を有する人物のことである。

いと長き鼻と指なき手をもてるその老人に今日もあひにき　（明四一・六・二四）

この歌の人物像の手は「指なき手」である。ますます奇怪なイメージである。歌稿をみると、この歌の三首前になんと「鮮血の指」の歌がある。

喪服着し女は問へど物言はず火中に投げぬ鮮血の指　（明四一・六・二四）

「喪服着し女」は黒一色の女であり、前後の歌との関連からみても、死せる女のイメージである。その女がなぜ鮮血の指を火の中に投げるのだろうか。

作者啄木は、手のみならず指についても、何か重要な体験がありそうである。歌集『一握の砂』の第四首は、まさに「指」の歌である。

いたく錆《さ》びしピストル出《い》でぬ
砂山《すなやま》の
砂《すな》を指《ゆび》もて掘《ほ》りてありしに

「砂山」を土葬の墓とみなせば、出てきた「ピストル」は骨片である。土がついていた骨片を「錆びたピストル」と表現したのではないか。

4　幼き日の行為

啄木は、明治二十六年十月十一日になくなった沼田サダの埋葬のときから、二十八年四月、盛岡の高等小学校入学までのあいだに、サダの墓の土を素手で掘ったのだろう。その結果、サダの骨であるかどうかは別として、骨片を掘り出したのではないか。このような仮説が、私にわいてきた。

しかしこのような仮説を裏つける証拠は、とても得られないだろうと思った。墓を掘るような行為は、けっしてやってはならないことであり、人に知られてはならないことも、子ども心にもわかっていたと思うからである。だがはからずも、この仮説の基本的部分について、証言が得られたのである。

昭和五十年十二月九日、渋民に出かけ、宝徳寺を訪れた時、たまたま啄木の教え子立花五郎氏に初めてお会いする機会を得た。立花五郎氏は、渋民小学校二年生のとき、代用教員であった啄木に担任された人である。

私は立花氏に「私の解釈では、啄木は子ども時代に墓を掘ったことがあると思うのですが、そんな話を聞いたことがありませんか?」とたずねてみた。

立花氏は即座に「それを見たのがオレのじいさんだ。」と答えてくれたのである。私は、立花氏の方言の多い話を全部正確には聴きとれないので、数日後、啄木記念館で再度会っていただき、館長佐藤正美氏らの協力を得て、次のことをはっきり聴きとった。

立花五郎氏の祖父、立花元吉(嘉永四年七月二十五日生)は、宝徳寺によく出入りした。啄木一家がばらばらになって渋民を離れたとき、孫の五郎に「一《はじめ》(啄木)が子どものとき、墓を掘ったから、ああいうことになったのだ。あるとき子どもの一《はじめ》が墓の土を手で掘っているのを見て、そばに行き、墓でけがをするとなおらないのだから、と注意したところ、走って逃げた。その墓は沼田大工の娘のヤエの姉の墓だ。ああいうことはするもんでない。」と語ってくれたのだという。ヤエの姉といえばサダである。

私の仮説にぴったり一致する話であった。

5 推測されるその動機

幼き啄木の墓掘りの動機は何だったろうか。それは推測するよりほかはない。

悲しみにうちひしがれた啄木は、埋葬されてしまったサダにひと目会いたかったのであろう。私は岩手県で生まれ育ったある女性から、なくなった肉親が土葬された後、無性にその遺体に会いたい願望が生じた、という話を聴いたことがある。

火葬とちがって土葬の場合には、埋葬前の遺体のイメージがはっきり浮かび、土さえ掘れば遺体にまた会えるという気持ちが、強く生ずることがあるのである。

死顔を見せられなかった仲好しの少女が、わが家の庭つづきの墓地に埋葬されているのである。無性に会いたい願望がわいたのであろう。

あるいは、単に死に顔を見たいというだけではなく、サダの死が急死であったため、もしかしたら土の中で生き返っているのではないか、という疑問さえわいたかもしれない。

それにしても、八歳の啄木が、仲好しの女の子に死なれて、そんなに悲しむのはなぜだろうか。

それを理解するのには、啄木の生い立ちを知ることが必要と思われる。

一《はじめ》は初の男子として、父母、とくに母から溺愛されたが、三歳のとき妹光子が生まれ、母は以前のように一《はじめ》の世話だけをすることができなくなった。そこで長姉さだが母の代理となって、村で評判になるほど一《はじめ》の面倒をみてくれた。ところが明治二十四年十月、啄木六歳のとき、その母代理のさだが、とついでいってしまった。幼き啄木はまたしても、愛情を自分に注いでくれる人をうばい去られたのである。

しかし、すでに小学生になっていた一《はじめ》には、その心理的空白を埋めてくれる年上の女の子、沼田サダがいた。学校に行くときさそいに来てくれたり、いっしょに遊んでくれたりした。

啄木の人生初期の愛情関係の変化を、母―長姉さだ―沼田サダという系列としてみると、少女サダに急死された悲しみの強さが理解できるのではないだろうか。

啄木は、立花元吉に墓掘りをみられたので、その後は夜になってからサダの墓に近づいたのであろう。そしてある夜に、墓から火が噴出するのを目撃したのであろう。

骨片を掘り出してしまったので、やがて後になってから、たたりのことを聞かされ、手そして指へのたたりを恐れるようになったと思われる。

6　「ぢつと手をみる」の意味

ここでようやく、「はたらけど」の歌の「ぢっと手をみる」の意味が明らかになってくる。はたらいてもはたらいても生活《くらし》が楽にならないのは、この指で墓から骨を掘り出したりしたからだろうか、という思いがわいた、という意味になる。

『一握の砂』には、別の「手」の歌もある。

手《て》が白《しろ》く
且《か》つ大《だい》なりき
非凡《ひぼん》なる人《ひと》といはるる男《おとこ》に会《あ》ひしに

この歌は、「非凡なる人」は誰だろうという、モデル論争を読んだ歌である。

岩城之徳は、啄木がエッセイ「手を見つつ」（『おち栗』一号、明四二）の中で、「故郷の学堂にありし頃」の親友を偲び、「破れたる袴《はかま》の膝《ひざ》をムヅと掴《つか》めるその手、白く、膚理《きめ》あらく、而して大なりき。友には非凡なる人に見つけるべき性《さが》の多かりしが――」と書いていることをあげ、上京後出会った非凡といわれる人物にこれと同じ条件を見出して、「やっぱり手が白くそして大きかったわい」という感嘆に近い気持ちをこのように表現したものであろう、と解釈している。

岩城は、モデルについても言及し、「この歌のモデルとしては、尾崎咢堂、高村光太郎、佐藤北江らがあげられているが、この歌が啄木の朝日新聞社に就職した直後の明治四十二年四月二十二ないし二十三日の作であるところから、啄木を同社の校正係に採用した佐藤編集長を詠めるものと考えてよい」と述べている。

しかし、これまで探究してきたように、啄木は病める自己像、とくに手や指を病む自己像を抱いていた、という見地に立つと、まったくことなる解釈ができる。

「手が白く　且つ大なりき」というのは、たたりにより手の血の気がなくなり、むくんで大きくなってしまったというイメージ、「非凡なる人といはるる男」とは作者啄木自身、「会ひし」とはそういう自己像が浮かんできた、という解釈である。

7　「手套を脱ぐ手ふと休む」

歌集『一握の砂』の最終章、第五章「手套を脱ぐ時」の第一首が次の歌である。

手套《てぶくろ》を脱《ぬ》ぐ手《て》ふと休《や》む
何《なに》やらむ
こころかすめし思《おも》ひ出《で》のあり

手が見えてくると、思い出が浮かんでくる。それはサダの墓を手で掘った、あの幼いときの行為であろう。

この第五章の最後の八首は、生まれてまもなくなくなった我が子を悼む歌であるが、最後から三首目が、次の歌である。

底知《そこし》れぬ謎《なぞ》に対《むか》ひてあるごとし
死児《しじ》のひたひに
またも手《て》をやる

我が子の死の背後に、底しれぬ謎のようなものを感じている、というのである。

もしかしたら、生まれたばかりのわが子の死も、たたりのせいではないだろうか、ふとそんな疑いが心の底から浮かんできたのではなかろうか。

第5章　中学時代からの「煩悶」

1　中学時代から死の恐怖の歌

少年啄木は、明治三十一年の春、入学試験で好成績をおさめて岩手県盛岡尋常中学校に入学、進級していった。明治三十五年十月一日、詩歌雑誌『明星』に、はじめて短歌一首「血に染めし歌をわが世のなごりにてさすらひここに野にさけぶ秋」が、白蘋《はくひん》の筆名で掲載された。

不思議な歌である。十七歳の若さで、「わが世のなごり」と詠んだのである。

その年の十月二十七日、啄木は「或る家事上の都合」を理由に退学願を提出、即日許可された。そしてはやくも三十日には、文学をもって身を立てるため、故郷を出発、上京した。

啄木は中学時代から、明治三十六年にかけて、「血に染めし」以外にも、死の恐怖の歌をいくつも作っている。次に列挙する。

人けふをなやみそのまま闇に入りぬ運命《さだめ》のみ手の呪《のろ》はしの神　（明三四・九）
眼《まなこ》とぢて立つや地《つち》なる骸《むくろ》の世辿《たど》る暫しの瞬《まばたき》きよ恋。（明三五・一一・二）
ふとさめし瞳とぢてぞ安かりし夢の行方の暗を思ひぬ。
限りなう流れて水はかへり来ず神の終《つい》なる裁判《さばき》否むよ。
暗《やみ》無限今か終りの一呼吸《いき》の胸を覆ふぞと神にすがりし。
陰府《よみ》の道に一人さめてぞ辿《たど》りゆく吾によるべき杖たまへたまへ。
さめてねて詩にはぐくまれん幸の君小さきゐがほぞ永劫《とは》に高かれ。
枯葉見て星を仰ぎて幸の世のみじかゝるべき旅をさぶしむ。（以上明三五・一一・五）
この闇にこの火とともに消えてゆく命と告げば親は泣かむか（明星三六・七）
天よりか地よりか知らず唯わかき命食《は》むべく迫る『時』なり（明星三六・一一）

「闇に入りぬ」「呪はしの神」「わが世のなごり」「骸の世」「夢の行方の暗」「終なる裁判」「暗無限」「終わりの一呼吸」「陰府の道」「幸の世のみじかゝるべき旅」「この闇にこの火とともに消えてゆく命」「わかきいのち食むべく迫る『時』」という語句は、まだ若いのに無限に深い闇の世界、死の世界に入っていかなければならない、恐ろしい、そしてさびしい自分の運命を、表現したものであろう。

この運命のもとでは、この世の恋は、「暫しの瞬き」にすぎない。しかも死の「時」は、刻一刻と迫っているのかもしれない。

これらの表現は、歌づくりのための虚構とはとても思えない。

注目すべきは、「小さきゐがほ」の「幸の君」を詩に歌って、永遠に高いところにいてもらおうという歌である。これこそまさに、亡き少女サダの霊を詩歌で讃えて、死の恐怖をもたらす、すなわちたたる霊を鎮める、という意味ではないだろうか。

2　中学校時代の「煩悶《はんもん》」

啄木は、「林中書」(『盛岡中学校校友会雑誌』第九号、明治四三年三月一日)という文章に、中学校時代の「煩悶」のことを書いている。

……予は母校在校中に或一の疑問と一の煩悶を与へられたのだ。此疑問、此煩悶は、国文法や幾何や三角の如く安価なものでは決して無い、と予は今猶信じて居る。

煩悶とは？　其当時、教科書を売つたり、湯屋《ゆや》へ行く銭を節したりして、秘かに買つた或種の書籍――先生からは禁じられた旨《うま》い旨い木の実――と、自分の心中に起こつた或新事件とによつて、朧ろ気に瞥見《べつけん》した、「人生」といふ不可測の殿堂の俤《おもかげ》と、現在自分の修めている学科、通つて居る学校との間に何の関係もないらしいといふ感じであつた。アダムでなくても禁制の木の実には誰しも手の出したい者。予は此漠然たる感じに刺激されて、日に日に「人生の殿堂」を夢想しはじめた。

（略）

……予の心中に起こつた新事件は、日に日に芽を出し葉をのばして、人生の奇しき色彩と生命の妙なる響きとを語つた。予をして一瞬時の安逸をも貪《むさぼ》らしめなかつた。予は其頃、大抵夜は二時三時まで薄暗き燈火の下に、読み、或は沈思した。予は此為め、其後一年許りも薬餌に親しまねばならぬ程の不健康の素を作つたのである。（略）予は此煩悶の為に毫厘《ごうりん》の楽しみも「学校」なるものに認むる事が出来なくなつた。（略）此煩悶と疑問とは、三十五年の秋、家事上に或る都合の出来た時、余をして別に悲しむ所なく、否寧ろ、却《かへ》つて喜び勇んで、校門を辞せしめたのであつた。

「疑問」は「煩悶」から発展したもののようであるが、その「煩悶」がどんなものであったかは具体的に述べず、「自分の心中に起こつた或新事件」というように、むしろ隠している。

この「或新事件」について、堀合節子との恋愛を指すのだろうと解釈する人もいたが、一瞬の間も心が休まらなかった、という状態になったのである。節子との恋愛は進行したのであるから、恋愛というだけでは理解できない。

3　この世の少女とあの世の少女

中学時代の啄木の節子との恋愛、それと「或新事件」を探究しているうち、啄木の小説「葬列」の中に、恋愛の進行とともに悲哀感が起きた描写があるのに気づいた。次の部分である。

……その後、或るうら若き美しい人の、潤める星の様な双眸《そうぼう》の底に、初めて人生の曙の光が動いていると気が付いてから、遽《には》かに夜も昼も香《かぐ》はしく夢を見る人となつて旦暮《あけくれ》『若菜集』や『暮笛集《ぼてき》』を懐にしては、程近い田畔《たんぼ》の中にある小さい寺の、巨きい栗樹《くりのき》の下の墓地へ行つて、青草に埋れた石塔に腰打掛けて一人泣いたり、学校へ行つても、倫理の講堂で竊《そつ》と『乱れ髪』を出して読んだりした時代の事や、――すべて慕《なつ》かしい過去の追想の多くは、皆この中津河畔の美しい市《まち》を舞台に取つて居る。

いうまでもなく、「或るうら若き美しい人」とは、節子であろう。「程近い田畔の中にある小さい寺」とは、啄木が寄宿していた姉さだの家から近い、明宜庵のことと推定される。その寺の墓地の石塔に腰かけて一人泣いたというのは、この世の少女との間に恋愛が進行するとともに、あの世の少女のことが思い出され、悲哀感がつのった、ということだろうか。

しかし泣いたのは、死別の悲しみのためだけだろうか。

4　回覧雑誌に書いた死への関心

啄木の中学校時代に、『爾伎多麻《にぎたま》』という回覧雑誌が作られた。作ったのは、啄木、小林茂雄、田子一民、野村長一（後の胡堂）など、文学好きの生徒たちである。

前にあげた歌「人けふをなやみそのまま闇に入りぬ運命のみ手の呪はしの神」は、この雑誌にのせられたもので、知られているかぎりでは、啄木の一番目の歌である。

啄木は、この雑誌に「死」という短文ものせているし、「あきの愁ひ」と題する美文ものせている。

この文の重要な部分をぬきだしてみよう。

一

あきの愁ひのなど悲しきや、さながら「やみ」なる世のみちをゆく、……しかるを運命《さだめ》の神は、その冷たき大なる手に、黒き「闇」のすさまじきつばさをそへて、まへなる路をおほひ、しひておし進まむとする。又はにげまどへる人の子をとらへて、その冷たき、気も消えいるべふいとはしき呼気を、そがおもてにたへず吹きかけ、するどき高き魔の声のさながらに、『吾命をこばむなかれ吾とともに従ひきたれ」と叫ぶなり。……

四

「吾命をこばむなかれ吾とともに従ひ来れ」、運命の神は叫び狂ふ、その大なる手は早や吾をとらへて、「闇」のあなたに引きゆかむとす。吾は遂に運命に従はざるべからざるか？「吾臨終を思へ世かくの如し」と云はざるべからざるか？

四節からなるこの美文の内容は、友の死と死の恐怖といってよい。

啄木は繰り返し、死の恐怖を文章で表現していた。なぜ、それほど死におびやかされたのか。

5　眉間の黒子による易者の予言

死の恐怖にとりつかれた契機は何だろうか？　自分の人生が短かいと、誰かから予言されたのではないか。

啄木は、祈禱してもらうことや、占ってもらうことがあった。

日記によれば、好摩《こうま》―渋民《しぶたみ》間の街道で巡礼の六部にあった時、一週間前になくなった姉を思い出して、立ちながら祈禱してもらい（明三九・三・四）、渋民で売卜者に占ってもらい（明三九・三・二六）、小樽で隣室の売卜者《ばいぼくしゃ》を訪問して、その著『神秘術』をもらい（明四〇・一〇・六）、東京本郷で辻占をもとめ（明四一・八・五）たりしている。

これらはみな、中学時代より後のことであるが、最もくわしく書かれているのが、明治三十九年の渋民でのことの日記である。その中に、重要な意味を示唆している文がある。普通の日記のほかに、「林中日記」として書かれたものである。抜粋してみよう。

夜、淋しさ籠つた街をふれて行く売卜者《ばいぼくしゃ》の声。夜話に来て居た○太郎君が呼び入れて、何の事ぞ、予の一身を占えと命じた。

……旅から旅へと心細くも、僅か五銭白銅一枚で、人の吉凶禍福を卜つて歩く運命の予言者！　……軈《やが》て徐《おもむ》ろに口を開いた。

「エイ、申し上げまする。此方《こなた》様のご一身にとりましては、昨年は失礼乍ら寧ろ御失敗の御年で厶《ござ》いました様で………。如何で厶いまするナ。サテ　茲《ここ》に起きましたるは、今年一年の禍福の卦、火風鼎《かふうてい》と読まれまする。此火風鼎の卦と申しますると誠にお芽出度い御運なので厶いまして、易書を案じまするに……」

………

予は今夜、この旅から旅に漂泊する、貧しく哀れなる売卜者をだに、一種畏敬の情を心に湛へて迎へざるを得なかつた。何故と自ら問ふさえ心苦しい。世界は一の大なる謎ではないか。少なくとも予一人にとりては今までに死んだ総《すべ》ての人に謎であつた如く、矢張、噫、解き難き謎ではないか。此世界は。人間は沢山の事を知つて居る。然し、一疋の蚤が何の為に生きて居るかという事さへ知らなんだ。所詮、人間の智は形にしたら一疋の蚤よりも小さいんではなからうか。

「汝の眉間《みけん》に新しい黒子《ほくろ》が一つ出来て居る。噫呼哀れなる児よ。汝の一身には、遠からずして非常な大事件が起こるぞよ」と云はれたと仮定する。此際自分は、或は全く此予言を信じ得ぬかもしれぬ。そして口先では、何を馬鹿ナ、と云ふかも知れぬ。然し、心の底では、屹度《きつと》或る抑へがたき不安を感ずるであらう。此不安は、軈《やが》て冥冥の間に信じて居る証拠ではないか。何故不安を感ずるのであらうか？　天を仰いで考へて見よ。幾千幾万と数知れぬ星！

……

地球の凡《およ》そ百九倍ある太陽を三十合せた程の星も、比較の上では、径僅か五厘の一黒子よりは小さい。眉間に出来た黒子が、一身上の大事件の前兆だといふ事は、或は全くは信じえぬとしても、然し、自分には、それを全く否定する理由が見付からぬ。今夜予の胸中に起こつた星軍の大喧嘩は、約四時間許り続いた。――十二時頃の夜汽車の音を聞いた時から、今、一番鶏の鳴くまで。

啄木は、眉間《みけん》の黒子《ほくろ》による予言を仮定のこととしているのに、奇妙なことに、実際に予言されたかのように、不安を表現している。その予言の中では、「事件」という語も使われている。そして予言の話に続けて、大宇宙の数知れぬ星の軍の大喧嘩という、空想的な話を書いた後、終末にまたもや眉間の黒子による予言のことを書いている。

このように繰り返し書かれ、しかも不安をともなった予言こそ、啄木が実際に告げられた予言だったのではなかろうか。

では人相判断の上で、眉間の黒子はどういう意味の相なのだろうか？　松井桂陰著『人相術入門』（北辰堂　昭三七）によれば、眉間に黒い色の出たときは、死相の一種であるという。

おそらく啄木は、中学時代に易者に占ってもらって、その頃眉間にできていた黒いものをみつけられ、それが一身上の大事件の前兆であると告げられて不安に陥り、人相に関する書物によって、それが死相であることを知ったのであろう。

なぜ死相が出たのか自問した時、思い出されたのが、少女サダのことで、サダの霊のたたりを思ったであろう。これが煩悶の契機となった「自分の心中に起こつた或新事件」あるいは「自分の全思想を根底から揺崩《ゆりくづ》した一事件」の正体ではなかろうか。『一握の砂』には、易者を詠んだ次の歌がある。人相ではなくて「手の相」ではあるが。

泣《な》くがごと首《くび》ふるわせて
手《て》の相《さう》を見《み》せよといひし
易者《えきしや》もありき

6 「たたった」と言った啄木——姪の話

啄木の日記や作品には、「たたり」という語はみあたらないが、この言葉を啄木から聞いた人はいないだろうか。

私は、昭和五十一年三月、啄木の姪《めい》である吉岡イネさんにお会いしたとき、もしかしたら啄木から聞いたことがありはしないかと期待して、「啄木は墓を掘ったことがあるので、『たたるぞ』ということで叱られたと思いますね。」と話した。

イネさんはすぐに、「そういうことばを聞いたことがある」と答えてくださった。中学生の時代、帷子《かたびら》小路の家で啄木は、誰かを相手に「たたった」ということばを発していたというのである。

私はさらに同年十一月に再度訪問した時に、イネさんに「中学時代の啄木がひどく悩んだことはありませんか？」とたずねた。

イネさんはやはり即座に、「そういうことはありましたよ。『こまった』とか言って、両手で頭をかかえて畳の上にあおむけになり、『イネ、水を持ってきてくれ！』と言ったので、水を持っていってあげたことがありました。」と答えてくれた。悩みの内容はわからなかったという。

師《し》も友《とも》も知《し》らで責《せ》めにき
謎《なぞ》に似《に》る
わが学業《がくげふ》のおこたりの因《もと》

啄木が学業をおこたったのは、誰にも話せない、命がかかわった煩悶によるものだったのであろう。

第6章　短歌連作の過程——創造的変換を推理する

1　大量連作の『暇ナ時』

『暇ナ時』の歌稿は、連作のものが多い。一読しただけでは理解困難、あるいは理解不能とさえ思えるような歌が多い。

ある啄木研究家から「『暇ナ時』は啄木の乱作です」という手紙をいただいたこともある。しかし私には、「乱作」にも意味があるはずという思いがわいた。

『石川啄木肉筆版歌稿暇ナ時』（八木書店）を、くりかえし読んでいるうち、しだいに一語一語の意味、一つ一つの語句の背後に、かくされている意味が浮かび上がってきた。

非常に興味をひかれたのは、次々に歌が作られていく時、前の歌のある要素を持続させ、別の要素を加えていくといってよい、変換のプロセスである。「天才」と言われた啄木の、短歌創造の秘密を理解する、実に貴重な資料がこの『暇ナ時』ではあるまいか。

最も興味をひく部分をぬきだして、連作のプロセスを推理していきたい。

まずは、最初のページの歌稿、八首である。

①「手に手とる」から「なほ若き我と」の八首

手に手とる時忘れたる我ありて君に肖ざりし子を思出づ
われ死なむかく幾度かくりかへしさめたる恋を弄《もてあそ》ぶ人
漂泊《さすらい》の人はかぞへぬ風青き越の峠にあひし少女も
別るべき明日と見ざりし昨の日に心わかれて中に君みる
あなあはれ君はもとつぐあなあはれかくただよびて夕風をおふ
日に三度たづね来し子はわれとはぢ苦し死なんといつはりをいふ
あなくるしむしろ死なむと我にいふ三人のいづれ先に死ぬらむ
なほ若き我と老いたる我とゐて諍ふ声すいかがなだめむ

『暇ナ時』の歌稿の理解は、まずこの八首をどれだけ正確に理解できるかにかかっていよう。

まず第一首である。これまでの探究を念頭において解釈すれば、「手に手」をとった、すなわち抱擁した「君」は植木貞子、「忘れたる我」が思い出している「君に肖ざりし子」、すなわち貞子に似ていない子は、あの世の少女サダであろう。

日記に書かれているが、明治四十一年五月二十四日朝、貞子がやってきて、おそらくは抱擁中に、娘京子重病の手紙が届いた時の、啄木の心境と思われる。この世の少女と抱き合ったら、あの世の少女が心に浮かんできたのであろう。『暇ナ時』の第一首は、このような重大な危機場面に出会っている、深刻な葛藤の歌なのである。

第二首の歌、恋はさめてしまったのに、死にたいと繰り返していう人とは、もちろん貞子であろう。

第三首の「漂泊の人」は、北海道で漂泊の生活をしてきた作者自身。「風青き越の峠にあひし少女」は、石田六郎が解釈したように、風越峠のある宮城県荻の浜の大森旅館の佐藤ふぢのであろう。

貞子の接近におびえるようになった啄木は、これまで心をひかれた女性たちをなつかしく思い、その人数を数えたが、その中に二ヵ月前に、朝食で出会った佐藤ふぢのも、その数に入れたのであろう。

第四首は「心わかれて」という、心の分裂ないしは葛藤を意味する言葉を使っている。わかれて向く方向の一つは、「別るべき明日」であり、もう一つは「別るべき明日とみざりし昨の日」である。

前者は貞子と別れるべき近い未来であり、後者は少女サダとの予期せざる死別をした過去であろう。

その二つの方向の「中に君みる」というのは、佐藤ふぢのを思い出しているということではないか。

第五首「あなあはれ」は、よみがえった少女サダとの死別の深い悲哀感を詠んだのであろう。

第六首と第七首はいずれも、貞子のことをからかったものだろう。「日に三度たづね来し」とか、「三人」というのは、誇張した表現と解される。

第八首は、「なほ若き我」と「老いたる我」が葛藤を起こしている、という歌である。「なほ若き我」は貞子と「手に手とる我」であり、「老いたる我」は、「君に肖ざりし子」に執着している我で、両者があらそっているというのである。

このように『暇ナ時』の冒頭の八首は、貞子との関係が、娘の重病の報によって、亡き少女サダのことを想起させることになり、心理的葛藤におちいった心境を、表現したものであろう。

②「石一つ落して聞きぬ」から「大海にうかべる白き」の六首

啄木は六月二十四日の日記に、「昨夜枕についてから歌を作り初めたが、興が刻一刻熾《さか》んになってきて、遂々徹夜。夜があけて、本妙寺の墓地を散歩してきた。たとへるものもなく心地がすがすがしい。興はまだつづいて午前十一時頃まで作ったもの、昨夜百二十首の余」と書いた。

この大量作歌の最初の六首をあげる。括弧の中は推敲前の原歌である。

（千仭の谷轟々と鳴りて湧きわく谷の叫びを）
石一つ落して聞きぬおもしろし轟《ごう》と山を把《と》る谷のとどろき

（昂然として我一人入る）
人みなが怖れて覗《のぞ》く鉄門に我平然と馬駆りて入る

我とわが愚を罵《ののし》りて大盃に満を引くなる群れを去りえず

つと来りつと去る誰ぞと問ふまなし黒き衣着る覆面《ふくめん》の人
牛頭馬頭《ごづめづ》のつどひて覗《のぞ》く大香炉中より一縷《る》白き煙す
大海にうかべる白き水鳥の一羽は死なず幾千年も

やはり第一首は非常に重要である。その初めの語が「石」である。

啄木は、『明星』明治四十一年七月号に、この歌が加筆された「石ひとつ落ちぬる時におもしろし万山を憾る谷のとどろき」をはじめとして、百余首を発表した。それにつけた題は「石破集」であった。石を破るというのである。

私は、この歌はやはり墓石、しかも少女サダの墓石を象徴的に表現したもので、怨霊としてたたる、重い石が頭の上から圧迫してくるような、そんなサダの霊への反撃の思いを詠んだものと思う。

心の中で、怨霊への反撃を決意して、墓石を落とす、というイメージを抱いた時、これまで心の底に秘めていた、サダにまつわる情動体験の記憶が、ものすごい勢いでわき上がってきたのではないか。

約一ヵ月前に書き上げた小説「病院の窓」には、次のような描写がある。

恐ろしい苦悶が地震の様に忽ち其顔に拡がつた。……種々《いろいろ》なことが胸に持上がつて来る。渠《かれ》はそれと戦つて居る。思出すまいと戦つている。幾何《いくら》圧しつけても持上がる。終には幾十幾百幾千の事が皆一時に持上がる。渠は一生懸命それと戦つて居る。戦つて戦つて、刻一刻に敗けて行く。瞬一瞬に敗けて行く。

恐怖に支配されるので、その源である記憶の再生を抑えようと戦っている描写である。「石一つ」の歌では、石を落とすというように能動的挑戦的であり、しかも「おもしろし」というように、余裕もある。

第二首「人みなが」はどんな歌だろうか。「鉄門」は前に述べたように、冥界の入口、すなわち墓のことであろう。

誰もがおそるおそるのぞく墓の中に、自分は平気で、馬で駆け入るように入っていく、ということになる。

第三首は「我とわが愚を罵りて大盃に満を引くなる群れを去りえず」である。「満を引く」とは、酒をなみなみと盛った盃をのむことである。自分の愚かさを罵りながら、大盃で思う存分酒をのんでいる人々から、立ち去ることができないということだが、本意は貞子への性的欲望をかき立てられていることと解される。誘惑にのってしまったばかりに、眠っていたサダの霊をよび起こしてしまい、大小説家になろうとする志が挫折してしまうという、自嘲の歌である。

第四首は「つと来りつと去る誰ぞと問ふまなし黒き衣着る覆面の人」である。黒づくめの人物が詠まれている。いうまでもなく、現実の黒衣の人が目の前を横切ったのではなく、作者の意識界をかすめた、無気味な黒い幻影を詠んだのであろう。サダの霊への恐怖が根底にあるのだろう。

第五首は「牛頭馬頭のつどひて覗く大香炉中より一縷白き煙す」である。前首で「黒」を使ったが、今度は「白き煙す」と、対照的な「白」を使っている。しかし「黒」も「白」も、死者に関わる色としては共通である。

「覗く」は三首前でも使われたが、今度の主語は「牛頭馬頭」である。これは牛頭人身と馬頭人身の地獄の番卒のことなので、やはり墓の下の世界のことである。

「一縷白き煙す」は、墓からの火の噴出の光景であり、死者の霊の象徴的表現であろう。第六首「大海にうかべる白き水鳥の一羽は死なず幾千年も」には、前首と共通する語が目立つ。「大」「白」「一」である。

作った歌の一部分である語から、次々に連想していくプロセスがうかがえる「白き煙」を変換させたのが「白き水鳥」であろう。少女サダの霊魂が、不死鳥として永遠に生き続ける、ということであろう。

③「東海」の歌とその前後の十首

我が《(かつて)》母の腹に入るとき《(入らむと)》我嘗《かつ》て争ひし子を今日ぞ見出でぬ
ただ一目見えて去りたる彗星の跡を追ふとて君が足踏む《(を踏みける)》
身がまへてはつたと我は睨まへぬ誰ぞ鬼面して人を嚇す《(脅す)》は
もろともに死なむといふを卻《しりぞ》けぬ心やすけき一時を欲り
野にさそひ眠るをまちて南風に君をやかむと火の石をきる

東海の小島の磯の白砂に我泣きぬれて蟹と戯る
青草の床ゆはるかに天空の日の蝕を見てわが雲雀病む
待てど来ず約をふまざる女皆《（らを）》殺すと立てる《（喚く）》とき君は来ぬ
水晶《（百万の）》の宮の如くにかずしれぬ玻璃盃をつみ爆弾を投ぐ
百万の屋根を一度に推しつぶす大いなる足頭上に来る

「わが母の」は、子ども時代に母親の肌をもとめて接触した体験が、思い出されたのではないか。その行為を何ものかが妨げるような気配をぼんやり感じたものだ。ところが先日、貞子との関係に入った時、似たような気持ちになったので、その時のことを思い出した。その正体は少女サダの霊で、それと争ったのだった。このように解される。

「ただ一目」の原歌では、五句が「君を踏みける」だったが、踏んだ対象を「君」の全体から、一部分である「足」になおした。

「彗星の跡を追ふとて君を踏みける」とは、どんな意味だったのだろうか。「彗星」は文字通りに解せば、ほうき星であるが、「ただ一目見えて去りたる」としているし、「跡を追ふ」とあるので、墓から出た火、いわゆる人魂であったと思われる。

それがとんでゆくのを追いかけて、思わず骨片をふんだしまった、ということではなかろうか。

次の歌「身がまへてはつたと我は睨まへぬ誰ぞ鬼面して人を嚇すは」では「鬼」が使われている。「鬼」は、この頃の観潮楼歌会の兼題であったので、意図的に使ったと思われる。

この歌は、こわい顔でうらみ言をいう貞子の背後に、サダの怨霊を感じておびえ、身構えた時の心境を詠んだのであろう。

次の歌は「もろともに死なむといふを卻けぬ心やすけき一時を欲り」である。これは非常にわかりやすい。

うらみ言をいい、いっしょに死にましょうと心中を迫る貞子に対して、拒否はしたものの心はおだやかでない、少しの時間でも心安らかになりたい、そんな気持ちの表現と解される。

続いて作られたのが「野にさそひ眠るをまちて南風に君をやかむと火の石をきる」である。

五首前の歌では、五句が「野に走す」であった。この「野」をひきついだのではないか。「風」を「南風」にしたのは、この日に作った歌で、「西方の山」「北に走れる」「北極の氷の岩」というように方位の語を使ってきたので、まだ使っていない「南」を使ったのではないだろうか。

火打石で野火をつけて、「君をやかむ」というのであるから、女性に対するはげしい攻撃である。抹殺願望である。

啄木が敵意を向けた女性は、現前の貞子と、その背後に感じられるサダの怨霊である。基本的にはやはり、怨霊抹殺願望の歌と思われる。

この次の歌が「東海の小島の磯の白砂に我泣きぬれて蟹と戯る」である。

2 「東海の小島の磯の……」

まず、最初の句「東海の」であるが、前首の「南風」から連想されたのだろう。この夜の連作で、すでに「西」「北」「南」という方位語を使ってきたので、残るは「東」である。与謝野鉄幹は詩歌集『東西南北』、島崎藤村は詩集『若菜集』に詩「東西南北」を発表していた。連想の基盤にあったかもしれない。

「東」といえば、啄木には愛好語の「東海」がある。節子が贈ってくれた英詩集の題である。明治三十七年元旦の『岩手日報』に、「詩談一則《『東海より』を読みて》」という詩論を書いたが、冒頭の句が「白百合の君より送られて」であった。「白百合の君」とは節子のことである。

単身上京のため、明治四十一年四月に函館で別れてきた妻節子のイメージに続いて、三月に別れてきた釧路の芸妓小奴、四十年の九月に別れてきた渡島《をしま》の国《くに》函館の教師橘智恵子、さらにさかのぼって渋民の佐々木いそ子（戸籍上はもと）のイメージが浮かんだ。

これら四人の女性それぞれに関わる語を使って、「東海の小島の磯」という句をつくってみた。

啄木は明治四十年三月に、「林中書」という文の中で、「東海の一孤島」という句を使ったし、同年六月に函館で作った詩「蟹に」では、「東の海の砂浜のかしこき蟹よ、今此処に」、同じ時期に作った詩「水無月」では、「砂ひかる渡島《をしま》の国の離磯《はなれそ》や」と表現したことがある。

「東海」「島」「磯」「砂」「蟹」は、相互に連想度の高い語であったと思われる。しかも「東海」と「かしこき蟹」には節子のイメージ、「離磯」には遠く離れてしまった佐々木いそ子のイメージが秘められていたと思われる。詩「蟹に」の「汝が眼よりも小やかに滅え み明るみすなる子」は、少女サダの霊であろう。

このような四人の女性のイメージを思い浮かべ、泣けてくるので、「東海の小島の磯に泣」とまで書いた。

過去へ過去へとさかのぼっていくので、明治三十九年に死別した長姉さだも思いだされたし、二十六年に死別した少女サダのイメージも一層強くなった。

姉さだを「白」、少女サダを「砂」と表現すれば、「東海の小島の磯」に続けても、海辺の風景の描写としてまとまることに気づいた。

少女サダのイメージを抱き続けてきた自分は、涙がとめどもなく流れ落ちて、ぬれてしまうほどなので、「泣きぬれて」という語が浮かんだ。

一転して現在の女、貞子と、彼女に関わっている自分が浮かび、絶交しようとしてもなおやってくる貞子が、はさみではさんではなしてくれない蟹にたとえられることに気づいた。貞子との関係は、まことならざる戯れの恋なので、「蟹と戯る」と結んだ。

「東海」の歌は、以上のような経過で生まれたのではなかろうか。

3 「青草の床ゆ……」

次の歌が「青草の床ゆはるかに天空の日の蝕を見て我が雲雀病む」である。「蟹と戯る」に貞子との関係を秘めたことから、「床」が連想されたのであろう。

啄木は「詩談一則」で、「腕さし交わして眠れる男女の青草の和床《やはどこ》に」と書いたことがあり、「青草の床」は明らかに男女関係と結びついている。

では貞子と腕さし交わしている状態で、はるかに仰ぎ見る「天空の日」とは何か、またその「蝕」とは何か。

「天空の日」とは、この頃啄木が大作家として仰いでいた国木田独歩、「蝕」は重い病状を意味したものと思われる。

『読売新聞』には、真山青果の「独歩氏の近況を報ずる書」という文が連載されてきたが、特に明治四十一年六月二十三日のその第六信では、四、五日前に喀血したと報じられていた。

「我が雲雀」は、上昇願望を強く抱いている啄木自身であり、「病む」は怨霊恐怖を含む、うつ状態であろう。

結局この歌は、下宿の床で貞子と抱き合いながら、崇拝している大作家、国木田独歩の病状の重さを思って、ますます自分はたたられていると思い、上昇できなくなった自分を悲しんでいる心境を、象徴的比喩的に詠んだものと思われる。

続けて、はっきりと女の歌である。

「待てど来ず約をふまざる女皆殺すと立てるとき君は来ぬ」とは、約束通りの時刻に来なかった女への怒りが、爆発しそうになったその時に、その女がやってきたというのである。

怒りを爆発させたい願望の歌が続く。

次の歌「水晶の宮の如くにかずしれぬ玻璃盃をつみ爆弾を投ぐ」も、激しいものである。「水晶の宮」とは、ロンドンの水晶宮のことと思われる。『大日本百科事典』（小学館）によれば、一八五一年のロンドン万国博覧会の会場として建てられたもので、伝統的な石や煉瓦は使わず、ガラスと鉄を中心にした透明で軽快な建築であることから、このように名付けられたという。

前首の「……女皆殺す」というはげしい攻撃感情が、もっとはげしく「爆弾を投ぐ」と表現されている。

攻撃し、破壊し、粉砕し、そして心をはらすイメージとして、最もぴったりとしたのが、たくさんのガラスの器に爆弾を投げつけて粉々にする光景だつたのであろう。

ロンドンの建物の名が使われたのは、この日の歌の中に、「北極」「ヒマラヤ」など、地球上のきわだった場所が詠まれていたように、誇張的表現のひとつであったと思われる。

「かずしれぬ」は、「百万の」をなおしたものだが、次の歌では「百万の」からはじまる。「百万の屋根を一度に推しつぶす大いなる足頭上に来る」という、上方からのものすごい重圧感、頭重感を思わせる歌である。

「屋根」は、水晶宮のイメージからの連想であろう。

啄木には、不安が生ずると、強度の頭重感をともなうことがあった。二年前、明治三十九年の「林中日記」には、次のような文がある。

三月二十七日。

昨夜は、障子の紙の薄らかに白む頃枕についたので、今日は十時を過て漸く目が醒めた。頭は鍋を被つた様に重くて、総身のけだるさ綿の如く、宛然病後の心地。

「大いなる足頭上に来る」という表現は、実感にもとづいたもののようである。

④「祭壇の前にともせる七燭」から「いと長き鼻と指なき手をもてる」の八首

祭壇の前にともせる七燭のその一燭《（一本の）》は黒き蠟燭
わが若き日を葬りて立てにたる碣《いし》にくちづく君は日も夜も《（を日も夜も君は抱きぬ）》
今日九月九日の夜の九時をうつ鐘を合図に何か事あれ《（我は火を焚く）》
ああその夜家内の燈ひとときに消えてわが母病みそめし夜を
喪服着し女はとへど物いはず火中に投げぬ血紅の薔薇《（鮮血の指）》
幼き日いたくも我は怖れにき開くことなき叔父の片目を
その群にふと足袋一つ穿ける人あるを見出てて驚きてさる《（我は仆れぬ）》
いと長き鼻と指なき手をもてるその老人に今日もあひにき

無気味な歌の連作である。「祭壇の」は、「東海」の歌から二十三首目である。「祭壇の前にともせる七燭」とは、「東海の」に秘めた七人の女性たちであり、その「一燭は黒き蠟燭」というのは、怨霊としてたたる少女サダのことであろう。次の「わが若き」の歌の「碣」も、サダの墓石のことであろう。基本的にはサダの霊への執着であろう。

この歌の「日」と「夜」をひきついで、次の歌「今日九月」が作られた。「九」の反復が目立つ歌である。この日のこれまでの連作歌には、数詞の使用が顕著である。「一」「千」「億兆」「百」「三」「七」「二」「万」「十四」「百万」である。

「九月九日の夜の九時」は言葉遊びであろう。問題は下の句の「鐘を合図に（我は火を焚く）何か事あれ」である。「鐘」の歌はすでに二首作られていた。最初のは「千年に唯一度鳴る山上の鐘のひびきにおどろきて死す」である。これはやはり、墓からの火の噴出をみたときの驚きだろう。

「我は火を焚く」は、まさに墓からの火の噴出を求めたのではないか。

次の歌も「夜」の歌である。

「ああその夜家内の燈ひとときに消えてわが母病みそめし夜よ」と、「夜」が二回使われている。「燈」が「ひとときに消え」た後は、真っ暗闇である。墓地での火の噴出の後の闇ではなかろうか。「わが母病みそめし」とは、夜中に墓地にいく啄木に、母がたいへんな思いをするようになったことだろうか。

次の歌も「火」を使っている。

「喪服着し女はとへど物いはず火中に投げぬ血紅の薔薇」

喪服は黒であるので、「黒き衣着る覆面の人」や「黒き蠟燭」と同じイメージ、すなわちサダのことだろう。「血紅の薔薇」は、初め「鮮血の指」であった。

サダの霊は、問いかけても物を言わず、私の指を切り取り、血に染まったその指を、噴き出している火の中に投げ込んでしまった、という意味に解される。

二つ先の歌は「その群にふと足袋《たび》一つ穿ける人あるを見出でて驚きてさる」という奇妙な歌である。

作者はなぜ「足袋一つ穿ける人」をみつけて、たおれたのか、あるいは驚いて去ったのだろうか。

「足袋」の意味を探ってみよう。「足袋」を使ったほかの歌は、『暇ナ時』にはみあたらないが、『小判ノート』には、「かなしき事ある日に入れと大いなる足袋たまはりし神ゆめに見ぬ」がある。「足袋」には特別な意味がかくされているようだが、よくわからない。

足袋は履物なので、履物を使った歌を探すと、「沓《くつ》」が使われている歌が四首あった。しかも「一つ」という語が使われているのが二首あった。

炎天の下わが前を大いなる沓《くつ》ただ一つ牛の如行く
裸足《はだし》なる乞丐《こじき》の爺に物こはれ一つの沓《くつ》を泣きて与へぬ

これらの「沓」のかくされた意味は、埋葬の時に冥途の旅の履物として、墓のそばにおいたわらじではないだろうか。幼い時の啄木は、新しい仏のためのそのわらじをとりあげたことがあったのではないか。

「足袋」もそのようなわらじの変換とみると、「その群に」の歌が理解しやすくなる。「足袋一つ穿ける人」というのは、わらじの片方を奪われてしまったので、冥途の旅を続けることができない死者のイメージということになる。そのイメージが浮かんだので、「仆れぬ」とか「驚きてさる」ということになったのであろう。やはり恐怖の歌といえる。

次の歌「いと長き鼻と指なき手をもてるその老人に今日もあひにき」も、きわめて奇怪な表現である。

「指なき手」は、三首前の初稿の「鮮血の指」と照合すれば、容易に理解できる。すなわち、指で墓を掘り、骨をいじったために、怨霊によって指をもぎとられるという恐怖である。

「いと長き鼻」は、指の欠如と対比させて、奇怪さを強調したのであろう。

⑤「とん〱とまたとん〱と」から「までど〱」の十三首

明治四十一年六月二十五日の大量連作歌の中にも、奇怪な歌が非常に多い。ノートに「六月二十五日　夜二時まで　百四十一首」とある歌稿群の中の、とくに興味をひかれた部分、六十一首目からの十三首をとりあげる。

とん〱とまたとん〱と聞きしことなき音壁に《(の中に)》伝はりてくる
いと黒き壁の面にちようくもて白点をうち眺む《(て)》終日
方形の石に対角線を書き其交点を針をもて掘る
室の隅四隅に四つの石を置き中に座りて石をかぞへぬ
永遠に転ぶことなき独楽を我つくらむとして大木を伐る

大木の枝ことごとくきりすてし後の姿の寂しきかなや
夜の雨あまり繁くて数へむとすれど能はず軒の雨滴
のこりたる三升の米とりいでて其三粒を仏前に置く
裸足《はだし》なる乞丐《こじき》の爺に物こはれ一つの沓《くつ》を泣きて与へぬ
たぐひなき暑さ来れり午後の二時寒暖計《（にわが）》は破裂して落つ
永しへに鳴りてやまざる音楽を聞けと時計を指していふ
一盞をのみ干す毎に指を嚙み《（一滴の血を）》血の一滴を盃《（わが君は）》にさす
まてど〳〵尽くることなき葬りの無言の列ぞわが前を過ぐ

まず「とん〳〵と」の歌である。これは幻聴を思わせる表現である。「壁」の歌は前日にも作られた。「限りなく高く築ける灰色の壁に面して我一人泣く」である。この「灰色の壁」は、怨霊の象徴的表現と思われる。「とん〳〵と」の「壁」も、怨霊恐怖が投影され、幻聴が感じられた壁であろう。

次の歌「いと黒き壁の面にちようくもて白点をうち眺む終日」も、前首から「壁」をひきついでいる。そして「黒き壁」と「白点」と、黒と白の対比をはっきりさせている。黒と白の組み合わせは、死と関連している。

黒い壁の表面にチョークで白い点をうって、一日中眺めていたというのであるが、もちろん現実の行為ではなくて、想像上のことであろう。

では白点をどんなかたちにうったのか。壁に怨霊恐怖が投影されていることと、次の歌の「方形の石」との関連から考えて、墓石の輪郭と推察される。「方形の石に対角線を書き其交点を針をもて掘る」は、墓石に対する攻撃と解される。「針で掘る」というのは、攻撃の鋭さを感じさせる。

次の歌は「室の隅四隅に四つの石を置き中に座りて石をかぞへぬ」である。

壁への注視から、今度は部屋の隅に目を向け、前首の「石」をひきついだのであろう。「隅」「四」「石」がそれぞれ二回繰り返されていて、言葉あそびを思わせる。

壁から部屋の隅へと注意の焦点を移し、隅が四つであることを思い、その四隅に一つずつ墓石を置くと想像し、その墓石をかぞえる、という自分の心の動きを詠んだのであろう。

次は「永遠に転ぶことなき独楽を我つくらむとして大木を伐る」である。

前首で、部屋の隅をぐるりと見回す行為を詠んだことから、回転する独楽が連想されたのであろう。独楽というような玩具を連想する素地は、この日の第十四首「勧工場目をひく物のかず〳〵をならべて見する故によろこぶ」からあったと思われる。

「永遠に転ぶことなき独楽」は、永遠に残る作品で、「大木を伐る」は、怨霊を抹殺することを作品の材料にする、という意味と思われる。

次にまた「大木」の歌が作られた。

「大木の枝ことごとくきりすてし後の姿の寂しきかなや」

前首の「大木を伐る」を変換して、「大木の枝ことごとくきりすてし」としたのであろう。大木を幹だけにしてしまったイメージであり、まさに幼い時から心に秘めてきた、亡き少女サダにかかわる、もろもろの思いを、次から次に吐き出してしまった、自分の心の寂しさを表現したものであろう。

「夜の雨あまり繁くて数へむとすれど能はず軒の玉滴」

六首前の歌からみなおすと、啄木の目は部屋の壁、部屋の四隅、庭の大木、そして軒へと移ってきた。軒から落ちる雨滴を連想し、前首の「寂しき」心から「夜の雨」が浮かんだのであろう。

「雨滴」には、魂を秘めたのだろう。

数えることと、「能はず」のような、打ち消しの助動詞を使うことは、前日の作歌から続いている傾向である。三首前でも「かぞへぬ」が使われていた。

次の歌「のこりたる三升の米とりいでて其三粒を仏前に置く」。かぞえられないという前首から、かぞえられるもの、米の粒が連想されたのであろうか。「三」という数詞を繰り返している。

またしても米から仏が連想されていくが、「三粒を仏前に置く」には、死者の冥福を祈る気持ちがうかがわれる。「仏《ぶつ》」は「粒《つぶ》」の音の逆転という連想もはたらいたかもしれない。

次の歌は「裸足《はだし》なる乞丐《こじき》の爺に物こはれ一つの沓《くつ》を泣きて与へぬ」である。

前首の「米」から、物乞いする人を連想したのであろう。この歌は前にとりあげたように、冥途の旅に必要な履物を墓前から持ち去られてしまった死者のイメージであろう。

「一つの沓を泣きて与へぬ」には、罪障感が感じられる。

「乞丐《こじき》」に「沓《くつ》」を与えたという歌の次に、なぜ炎暑の歌がつくられたのだろうか。

「たぐひなき暑さ来れり午後の二時寒暖計は破裂して落つ」

これは、十一首前の「炎天の下わが前を大いなる沓ただ一つ牛の如行く」と照合すれば、よく理解できる。「沓」と「炎天」は一つの場面のイメージだったのである。

「寒暖計」は炎暑との関係での連想であろう。「破裂して落」ちる「寒暖計」とは、志が挫折して生活が破綻し、落ち込んでしまった自分のことであろう。

次の歌は「永しへに鳴りてやまざる音楽を聞けと時計を指していふ」である。

「永しへに鳴りてやまざる音楽」とは、「永」で始まり「楽」で終わる、「永遠に転ぶことなき独楽」の変換で、永久に残るべき自分の作品、とくに小説を意味していたのではないか。

ではそういう意味の音楽を、「時計」に向かって「聞け」と命令しているのはどういうわけか。「時計」にも、深い意味がかくされているようである。

時計はカチカチと単調な音を発している。単調な音といえば、十首前の「とん〳〵と」という歌が作られた。この音の背後に怨霊を想像しているのではなかろうか。

単調な音をたてて創作活動を妨げる怨霊に、自分は永遠に残る文学作品を作っているのだ理解せよ、と命令している、というのであろう。

次の歌「一盞をのみ干す毎に指を噛み血の一滴を盃にさす」は、前首の「指」をひきついでいる。

原歌は「一盞をのみ干す毎に一滴の血をわが君は盃にさす」であった。性関係と、それにともなう出血を暗示した歌と解される。しかし啄木は、出血の理由を「指を噛み」に変え、さらに「わが君」を消してしまった。

この世の少女と接近すると、次のように、あの世の少女が現れる。

「まてど〳〵尽くることなき葬りの無言の列ぞわが前を過ぐ」

これはまさに死者の幻影である。「尽くることなき無言の列」とは、はてしなく続く怨霊の恐怖の表現であろう。

第7章　歌集『一握の砂』に秘めた鎮魂

1　「一握の砂」の意味

歌集の題とした『一握の砂』（明治四十三年）とは、何を意味しているのだろうか。

啄木がこの題を使ったのは三回目である。一回目は明治四十年の『盛岡中学校校友会雑誌第十号』にのせた評論、二回目が明治四十二年五月の感想である。

同じ題を繰り返し使うからには、重要な意味がこめられていたはずである。

昭和五十年代後半だったが、「一握の砂」という語句に関して、土葬場面での貴重な体験を私に語ってくれた人がいた。盛岡市在住の女性で、民話で有名な遠野市での兄の埋葬に参列し、土葬の場面を体験してきたという。

墓穴におろした棺の上に、近い親族から順に、一握りの土をふりかけるのでしたという。その時に、兄の顔がありありとみえたし、月日を経ても、生きていたときのままの兄が、そこにいるという実感が続いたという。このような体験から、啄木の「一握の砂」というのは、土葬の時の一握りの土だろうと思います、というお話だった。

私は、まさにそのとおりと思った。啄木の場合には、少女サダの埋葬場面のことである。自分の家である寺の庭つづきの墓地なのである。

私は昭和五十年十二月に、宝徳寺の遊座《ゆうざ》ヤスさんから、少女サダの友だちだった故白沢スワさんが、サダに死なれたころの啄木について、「サダさんが死んだときかげで泣いていたし、それからのち沈んでしまった」と言っていた、という話をお聴きした。「かげで泣いていた」ということと、「それからのち沈んでしまった」という言葉は、実に重要である。

「一握の砂」の原風景は、少女サダの埋葬場面で、一握りの土をふりかけてのことであり、この語句は供養、鎮魂の思いの象徴的表現であろう。

2　歌集冒頭の「砂」の歌

この歌集『一握の砂』の冒頭の十首のうち、第三首をのぞく九首は、すべて「砂」という語を使った歌である。

第一首は、前に述べたように「東海の」である。
第二首には「一握の砂」が使われている。

頬《ほ》につたふ　なみだのごはず　一握《いちあく》の砂《すな》を示《しめ》しし人《ひと》を忘《わす》れず

この歌こそ、少女サダの埋葬場面の回想であろう。
第三首では、「砂」は使われていない。

大海《だいかい》にむかひて一人《ひとり》　七八日《ななやうか》　泣《な》きなむとすと家《いへ》を出《い》でにき

この歌も『暇ナ時』からの選歌であるが、明治四十一年七月十八日の作歌である。「大海にむかひて」とはどういうことだろう。翌日の十九日の作「蒼ざめし大いなる顔ただ一つ空に浮かべり秋の夜の海」は、大きな亡霊の幻影を詠んだと思われるが、推敲前の第五句が「夜の大海」であった。

六月二十三日の作「空半ば雲に聳える大山を砕かむとして我は斧研ぐ」の「大山」も亡霊と解されるし、同日の作「限りなく高く築ける灰色の壁に面して我一人泣く」も、亡霊に面して泣いている心境と解される。

「大海にむかひて」は、亡霊に直面していることであろう。

いたく錆《さ》びしピストル出《い》でぬ　砂山《すなやま》の　砂《すな》を指《ゆび》もて掘《ほ》りてありしに

「砂山」は土葬の墓、「いたく錆びしピストル」とは、土のついた骨片の隠喩と思われる。サダの墓を手で掘って、骨片を掘り出してしまった体験の回想であろう。

ひと夜《よ》さに嵐来《あらしきた》りて築《きづ》きたる　この砂山《すなやま》は　何《なに》の墓《はか》ぞも

「砂山」の背後に墓のイメージがあることを、明瞭に示している歌である。「嵐」とは、少女サダの命を奪った運命の嵐であろう。

砂山《すなやま》の砂《すな》に腹這《はらば》ひ　初恋《はつこひ》の　いたみを遠《とほ》くおもひ出《い》づる日《ひ》

有名な歌である。土葬されてしまった少女サダのことを、悲しく思い出しているのであろう。

砂山《すなやま》の裾《すそ》によこたはる流木《りうぼく》に　あたり見《み》まはし　物言《ものい》ひてみる

この「流木」とは、墓地に倒れていた塔婆のことであろう。人に聞かれぬよう、そっと語りかけたという意味であろう。

いのちなき砂《すな》のかなしさよ　さらさらと　握《にぎ》れば指《ゆび》のあひだより落《お》つ

「いのちなき砂」は、まさにいのちなきサダであり、サダの墓の土のイメージを秘めた表現であろう。「砂」の音はサであるし、「土」よりも澄んだことばである。

しつとりと　なみだを吸《す》へる砂《すな》の玉《たま》　なみだは重《おも》きものにしあるかな

サダの墓から手に移した土に、涙が落ちて、吸い込まれていった、幼い日の回想であろう。「玉」には魂の意味もこめられていよう。

大《だい》といふ字《じ》を百《ひやく》あまり　砂《すな》に書《か》き　死《し》ぬことをやめて帰《かへ》り来《き》たれり

啄木は「あるころの砂に指もて書きしより長くその名の心にありつ」、「とある時とある処の白砂に指もて書きし名とも思ひぬ」という、砂に指で人の名を書いたという歌を作っている。

「死ぬこと」を望んで「砂」のところに行くのは、サダのそばに行きたい願望であろう。では「大といふ字」は何を意味していたのだろう。

「大」は大きくみえる怨霊の意味であった。しかし死の願望をひるがえさせるものは、生の意味の再発見である。啄木にとって、生きる意味は大作家になることであった。

3　第一章「我を愛する歌」とは？

啄木は、これらの歌を冒頭においた五十一首を、第一章として「我を愛する歌」と題した。どんな思いでこのような題をつけたのであろうか。

この章の歌全体をみわたして、それら表現されている主要な感情や願望をながめてみよう。

目立っているのが「かなし」という語で、それを使っている歌が十七首ある。

同類の感情の語では、「泣く（き）」が六首、「涙（なみだ）」が四首、「さびし」が四首、「あはれ」が三首で使われている。

このように悲哀感やさびしさをはっきり表現しているのが、計三十四首である。

次に多いのが「死」という語を使っている歌で、十五首ある。そのうち次の七首は、はっきりと死の願望を示している。

大《だい》といふ字《じ》を百《ひやく》あまり　砂《すな》に書《か》き　死《し》ぬことをやめて帰《かへ》り来《きた》れり
こころよく　我《われ》にはたらく仕事《しごと》あれ　それを仕遂《しと》げて死《し》なむと思《おも》ふ
森《もり》の奥《おく》より銃声聞《じゆうせいきこ》ゆ　あはれあはれ　自《みづか》ら死《し》ぬる音《おと》のよろしさ
怒《いか》る時《とき》　かならずひとつ鉢《はち》を割《わ》り　九百九十九《くひやくくじふく》割《わ》りて死《し》なまし
死《し》ね死《し》ねと己《おのれ》を怒《いか》り　もだしたる　心《こころ》の底《そこ》の暗《くら》きむなしさ
死《し》にたくてならぬ時《とき》あり　はばかりに人目《ひとめ》を避《さ》けて　怖《こは》き顔《かほ》する
誰《た》そ我《われ》に　ピストルにても撃《う》てよかし　伊藤《いとう》のごとく死《し》にて見《み》せなむ

『一握の砂』第一章は、このように主として悲哀感と死の願望が基調になっている。
「我を愛する歌」というのは、少女サダとの死別の悲しみを今でも抱き続け、怨霊恐怖におそわれることもあるので、むしろ霊の世界に行きたい死の願望がわいてくるが、なお生きて作家としての仕事もなし遂げたい、そんな自分をいとおしむ歌というのであろう。

4 「東海の」を第一首にしたのはなぜか

「東海の……」という歌を、第一首にしたのはなぜか。

啄木にとってこの歌は、子ども時代から現在に至る、思い出深い七人の女性のイメージと、自分の悲しい人生を、美しい海辺の風景の中で、泣きながら蟹とたわむれるという、見事な表現に秘めた傑作だったためであろう。

でもそれだけだろうか。啄木は、島崎藤村の詩集『若菜集』の構成を念頭においたのではないか。『若菜集』の冒頭の詩は、「おえふ」「おきぬ」「おさよ」「おくめ」「おつた」「おきく」という、「六人の処女《おとめ》」なのである。

啄木の小説「葬列」には、「或るうら若き美しい人」に恋心を感じてから、「旦暮《あけくれ》『若菜集』や『暮笛集《ぼてきしゅう》』を懐にしては、程近い田畔《たんぼ》の中にある小さい寺の巨《おお》きい栗樹《くりのき》の下の墓地へ行つて、青草に埋れた石塔に腰打掛《うちか》けて一人泣いたり」というところがある。

啄木は実際、中学時代に長町田圃の明宜庵という尼寺を、しばしば訪れた。『若菜集』

などを懐にして、この世の少女堀合節子と、あの世の少女沼田サダへの思いを詩にうたいあげて、『若菜集』のような詩集をつくりたい、と思ったのではなかろうか。

啄木は、歌集『一握の砂』の歌の順序をきめるとき、「六人の処女《おとめ》」よりも一人多い、七人の女性を秘めた「東海」の歌を第一首とすることで、心の中で喜んだものと推測される。

啄木の小説断片の一つには、「お葉」と死んだ妹「お佐代」が登場する。この二つの名は、「六人の処女」から、植木貞子とサダにふさわしい名として、「おえふ」と「おさよ」を借用し、漢字に代えたものと思われる。

5 『一握の砂』章題の意味

第二章の題は「煙」であり、第一首は次の歌である。

病《やまひ》のごと　思郷《しきやう》のこころ湧《わ》く日《ひ》なり　目《め》にあをぞらの煙《けむり》かなしも

おさえきれない、わいてくる望郷の思いと、青空に立ちのぼる煙が、啄木の内面で結びつき、悲哀感が生じている。
第二首は「煙」の歌ではない。

己《おの》が名《な》をほのかに呼《よ》びて　涙《なみだ》せし　十四《じふし》の春《はる》にかへる術《すべ》なし

この歌の原歌は「君が名を仄かに呼びて涙せし幼き日にはかへりあたはず」であり、少女サダとの死別の悲しみと解される歌であった。
第三首は、ふたたび「煙」の歌である。

青空《あおぞら》に消《き》えゆく煙《けむり》　さびしくも消《き》えゆく煙《けむり》　われにし似《に》るか

青空にさびしく消えていく煙に、さびしく昇天する自分を投影したのであろう。

第三章の題「秋風のこころよさに」については、歌集の初めに「『秋風のこころよさに』は明治四十一年秋の紀念なり」と書いている。この章の五十一首のうち四十五首が、明治四十一年八月から十月にかけて作られたものである。

この章の最初の歌は次の歌である。

ふるさとの空遠《そらとほ》みかも　高《たか》き屋《や》にひとりのぼりて　愁《うれ》ひて下《くだ》る

この歌は、金田一京助の厚意で、下宿が蓋平館《がいへいかん》に移っての第一作である。すでに植木貞子とは絶縁していたし、本妙寺墓地からはなれたこともあってか、怨霊恐怖がようやく鎮まりはじめ、心がすがすがしくなったと思われる。しかし秋の訪れとともに、望郷の念が強くなり、少女サダとの死別の悲しみもよみがえってきたのであろう。

第二首は、「玉」が使われている次の歌である。

皎《かう》として玉《たま》をあざむく少人《せうじん》も　秋来《あきく》といふに　物《もの》を思《おも》へり

「玉をあざむく少人」とは、少女の霊魂をあざむいている自分であろう。そんな自分も秋が来たというので、物思いにふけるようになった、という歌意と思われる。

第三首は、秋風と強い悲哀感の歌である。

かなしきは　秋風《あきかぜ》ぞかし　稀《まれ》にのみ湧《わ》きし涙《なみだ》の繁《しじ》に流《なが》るる

第四首は、またもや「玉」を使った歌である。

青《あを》に透《す》く　かなしみの玉《たま》に枕《まくら》して　松《まつ》のひびきを夜《よ》もすがら聴《き》く

「玉」は「かなしみの玉」なのである。

第四章は「忘れがたき人々」と題されて、いろいろな人物を詠んだ歌が並べられている。

だが最初にあげられている歌は、人物のいない次の歌なのである。

潮《しお》かおる北《きた》の浜辺《はまべ》の　砂山《すなやま》のかの浜薔薇《はまなす》よ　今年《ことし》も咲《さ》けるや

この歌には「砂山」がある。これまでの論証にもとづけば、少女サダがかくされている。大森浜の砂山の風景に託して、実は故郷渋民村の宝徳寺の墓地に眠るサダを詠んだのであろう。「忘れがたき人々」の一番目の人は、亡きサダということになる。

第五章の題は「手套を脱ぐ時」で、最初の歌が「手套を脱ぐ」で始まる次の歌である。

手套《てぶくろ》を脱《ぬ》ぐ手《て》ふと休《や》む　何《なに》やらむ　こころかすめし思《おも》ひ出《で》のあり

この「思ひ出」は、サダの墓を手で掘った思い出などであろう。手にさわりがくるというたたりの恐れが、手套をぬぐ手を止めさせたものと思われる。

この第五章の末尾に、生まれてまもなく死んだ、我が子の真一を詠んだ歌が八首あるが、その中に次の歌がある。

底知《そこし》れぬ謎《なぞ》に向《む》かひてあるごとし　死児《しじ》のひたひに　またも手《て》をやる

「底知れぬ謎」とは無気味な表現である。この子が死んだのも、怨霊のたたりのためではないかという思いが、ふと心をかすめたのであろう。

以上のように、歌集『一握の砂』は、その題名、各章の題、各章の少なくとも第一首、第一章では冒頭の十首が、すべて亡き少女サダにかかわる内容と解されるものばかりで、それらの解釈は相互に整合し一致する。

かくて歌集『一握の砂』構成の最も主要な動機は、少女サダの鎮魂であったと思われるのである。

あとがき

石川啄木の歌を初めて目にしたのは、昭和十七年頃、前橋商業学校の生徒の時代、国語の教科書の中にあった、「東海の……」とその解釈――「北海道の海岸をよんだ歌」――だったと思う。註に金田一京助とあるのを、姓を金田、名を一京助と読んで、めずらしい名だと思った記憶がある。今や金田一《きんだいち》という姓はたいへん有名になっている。

次に読んだのは、岩波文庫の『啄木歌集』で、戦後の昭和二十五年頃、前橋から東京までの列車の中で読んだ。東京文理科大学心理学科の学生だった私は、「友がみなわれよりえらく見ゆる日よ」というように、極めて率直に劣等感を表現できる詩人の心に、アカデミックな心理学の本からは得られない、人間的な心を感じたものであった。

昭和三十一年に岩手大学赴任のため、郷里の群馬県から盛岡市に移り、寺町のなかの曹洞宗清養院という、お寺の一室に下宿した。離れであるこの室には、若き日の宮沢賢治が下宿したことがあると、住職からお聞きした。

隣の寺は、啄木の母の兄、葛原対月《かつらはらたいげつ》が住職をしたことのある、龍谷寺であった。

啄木との縁を感じているうち、書店で目についたのが、金田一京助著『石川啄木』（角川文庫）で、啄木の伝記に関する初めての読書になった。

赴任に際し携えてきた『啄木歌集』を読みかえしてみた。読みすすむうち、歌集『一握の砂』にのっていない歌が、たくさんあることに気づき、拾い読みしてみたが、とても理解できる歌ではなかった。

それから十年ぐらいたってからのある日、私の研究室に国語科専攻の女子学生、駒嶺千鶴子（現姓・上野）さんが訪れ、石田六郎著『初恋人の魂追った啄木の生涯』という本を入手したことを伝えてくれた。

この本に興味をひかれて読んだが、やがて著者の石田氏との縁がつながり、岩手大学教育学部で氏の講演会が開かれた。その際、石田氏が携えておられたのが、『暇ナ時』の復刻版であった。

私は石田氏の没後、ますます興味がつのり、夫人からお借りした同書を読んでいるうち、私なりの仮説がわいてきた。本書で触れた「砂」や「蟹」についてである。

昭和四十九年二月、盛岡第一高等学校に、啄木研究家の遊座昭吾氏をたずね、その仮説を話したところ、「先生、お書きになりませんか」という、お言葉をいただいた。文学研究の素人である私に、最初の論文執筆を動機づけたのが、この一言である。

以来、論文多数を執筆、著書としては『石川啄木の秘密』(光文社)、『東海の小島の磯』(洋々社)、『啄木短歌の心理学』(洋々社)、『石川啄木の短歌創造過程についての心理学的研究』(限定版・桜楓社)、『悲哀と鎮魂』(おうふう)を、出版することができた。初めの三冊はすでに絶版である。

私は、亡き少女サダの霊魂に関わる思いが、啄木の詩歌をつらぬいているという解釈を深めてきたのであるが、やがて悲哀や恐怖などの表現の中に、現今の社会の人間の異常な心理と行動を理解するキーワードともいえる、「低血糖症」の症状がみられることに気づいた。

「低血糖症」は、全身のエネルギー源である血糖の調節障害で、血糖値が正常値よりも異常に低くなる、また大きく変動する病気であるが、通常医学ではほとんど理解されていない。

この「低血糖症」について、私は内外の文献を探索した上、疑わしい人については、医師の協力による血糖の試験で確かめながら、研究を重ねてきた。

啄木は、『暇ナ時』の時期にとくに、心がひどく落ち込んで、自殺未遂めいた行為までやっていた。日記には無感動、無関心、死にたいと連日のように書いている。

小説を書いても売れず、下宿料を払えないという、経済的困窮も重要な要因であろうが、私にはむしろ次のように考えられる。

少女サダの霊魂に関わる葛藤が常に心理的ストレスとして、血糖を過度に消耗させ、食事の貧しさが糖を十分に補給させず、常に低血糖症傾向にあったと思われる。

何年にもわたって、日記で頻繁に頭痛を訴えている。頭痛は、低血糖症の症状のひとつである。

『暇ナ時』の時期には、植木貞子との関係が深まった時、娘重病の知らせが届き、激しい怨霊恐怖が起きた。これは強烈な心理的ストレスであったが、沸き起こった歌興によって、大量に歌を作り、心に秘めていた思いを意識化させることができた。しかし徹夜の大量作歌が続き、エネルギーを消耗したのに、朝食ぬきになってしまって、急激に低血糖症が悪化し、無感動、自殺願望に陥ったものと思われる。
啄木はまさに「低血糖症」ではなかったか、という大きな仮説がわいてきた。この視点で作品、日記をながめていくと、その症状とみなせる表現が続々とみえてくる。

ふと深《ふか》き恐《おそ》れを覚《おぼ》え
ぢつとして
やがて静《しづ》かに臍《ほぞ》をまさぐる

低血糖症では、ノルアドレナリンの過剰分泌で、外的な理由がなくても、恐怖がわいてくる。

何《なに》すれば
此処《ここ》に我《われ》ありや
時《とき》にかく打驚《うちおどろ》きて室《へや》を眺《なが》むる

自分はどうしてここにいるのだろうという、一時的な〝見当識喪失〟は、重い低血糖状態の時に起こりうる症状である。

怒《いか》る時《とき》
かならずひとつ鉢《はち》を割《わ》り
九百九十九《くひやくくじふく》割《わ》りて死《し》なまし

血糖が低下すると、回復させるためにアドレナリンが分泌される。これは〝攻撃ホルモン〟といわれるように、その人を攻撃的にさせる。

この歌は「九」を繰り返すことで、激しい攻撃的感情が伴う怒りを表わし、その果ての死を願う壮絶な歌である。死への願望も、重い血糖低下で起こりうる症状である。

日記、書簡にみられる頭痛の例は次の通り。「師よ、我はこの頃たれこめて頭痛と戦うては、苦吟の筆をかみつつすごしぬ」（明三七・一二・一四、書簡）、「頭は鍋を被った様に重くて、総身のけだるさ綿のごとく」(明三九・三・二七、日記)、「今日は頭痛の常とは異なりて甚だしく」(同年四・三、書簡)などなど、頻繁である。

このように考察してくると、啄木の多くの作品が、「低血糖症」の症状を理解するのに大いに役立つのではないかと思う。

低血糖症について新たに書いた『心の病と低血糖症』(第三文明社、二〇〇九)では、低血糖症理解の一助になればと、石川啄木の作品をあげて論じた。興味をもたれた読者は、この本もお読みいただければ幸いである。

啄木の作品、日記、書簡は、文学的研究のみならず、心理学的、生理学的な次元をも含む、人間研究の宝庫といってよいと思う。

しばらく啄木研究から遠ざかっていた私が、再び啄木という天才の心の秘密にとりくんで、著書として世に問うことができるのは、論創社のおかげである。感謝申し上げたい。

二〇一〇年一月

大沢　博

大沢 博（おおさわ・ひろし）
1928年　群馬県に生まれる。
1952年　東京文理科大学卒業。岩手大学教授を経て、現在同大学名誉教授。
著　書『石川啄木の短歌創造過程の心理学的研究』（桜楓社）
『食原性症候群』（ブレーン出版）
『その食事では悪くなる』（三五館）
『食事で治す心の病』（第三文明社）
『食事崩壊と心の病』（第三文明社）
『心の病と低血糖症』（第三文明社）
訳　書　フランクル著『意味への意志』（ブレーン出版）
コームズ著『認識心理学　上・下』（ブレーン出版）
レッサー著『栄養・ビタミン療法』（ブレーン出版）
エイローラ著『低血糖症』（ブレーン出版）
ホッファー著『ビタミンB-3の効果』（世論時報社）
ホッファー著『統合失調症を治す』（第三文明社）

石川啄木『一握の砂』の秘密

2010年3月10日　初版第1刷印刷
2010年3月20日　初版第1刷発行

著　者　大沢 博
発行者　森下紀夫
発行所　論 創 社
東京都千代田区神田神保町2-23　北井ビル
tel. 03（3264）5254　fax. 03（3264）5232　web. http://www.ronso.co.jp/
振替口座　00160-1-155266
印刷・製本　中央精版印刷
ISBN978-4-8460-0915-1